Das *Hitchcock* Krimi-Kochbuch

Mord und Mahlzeiten

Berndt Schulz

Weingarten

In dieser Reihe ebenfalls erschienen:
Das CASABLANCA Kochbuch
Das VOM WINDE VERWEHT Kochbuch
Das LA DOLCE VITA Kochbuch
Das DOKTOR SCHIWAGO Kochbuch

Die Deutsche Bibliothek – CIP-Einheitsaufnahme

Schulz, Berndt:
Das Hitchcock-Krimi-Kochbuch: Mord und Mahlzeiten/von Berndt Schulz. -
Weingarten: Weingarten, 1995
ISBN 3-8170-0025-1

Für die freundliche Genehmigung zum Abdruck der Fotos aus Hitchcock-Filmen
dankt der Verlag dem Deutschen Institut für Filmkunde (DIF), Frankfurt/Main.
Das Umschlagfoto stammt von Mario Mach, Berlin.

© 1995 by Kunstverlag Weingarten GmbH, Weingarten
Satz: Riedmayer GmbH, Weingarten
Reproduktion: repro-team gmbh, Weingarten
Gesamtherstellung: Westermann Druck Zwickau GmbH, Zwickau
Printed in Germany
ISBN 3-8170-0025-1

Inhalt

Foto aus: Rebecca

Vorspann

Ausgehungert –
Alfred Hitchcock und seine Filmfiguren

Alfred Hitchcock, der Meister des filmischen Suspense, war selbst ein Gourmet von Gottes Gnaden. Dazu schildern Zeitgenossen den Regisseur als Sadisten, der Blondinen quälte, die er nicht „bekam". Seine Kompensation auf dem Set und im Privatleben: Essen und Trinken. Am liebsten verschlang er Riesensteaks und amerikanisches Softeis. Drei Zentner Lebensgewicht sprechen ihre eigene Sprache.

In Alfred Hitchcocks 70 Filmen, vor allem in den 40 Tonfilmen, spielen Essen und Trinken eine zentrale Rolle. Beim Mahl werden die dramaturgischen Weichen für Mord oder für die Verhinderung von Verbrechen gestellt. Darüberhinaus knüpfen beim Essen die Personen der Handlung ihre Beziehungsfäden. Diese handelnden Personen sind in der Regel emotional ausgehungert und kompensieren dies – wie ihr Erfinder – physisch. Mordshunger im direkten und übertragenen Sinn ist die Folge. Die Figuren in Hitchcock-Filmen werden – wie der Regisseur selbst – selten wirklich satt, weder seelisch, noch körperlich. Genau darüber machte Hitchcock Filme.

Das vorliegende Buch beschäftigt sich deshalb mit Mord und Mahlzeiten aus der filmischen Küche des schwergewichtigen Regisseurs. Es enthält Rezepte zum Nachkochen, dazu aus den Filmen entlarvende Dialoge über Essen, Kochen, Sinneslust, Mordshunger.

Wohl bekomm's!

Sofern nicht anders angegeben, gelten die Mengenangaben für 4 Personen.

Der Tote im Blaubeerwald

IMMER ÄRGER MIT HARRY

Der alte Seebär Captain Wiles hat beim Jagen eine Leiche entdeckt. Als er den fremden Toten, von dem er vermutet, daß er ihn selbst erschoß, weil er ihn für ein Kaninchen hielt, wegschaffen will, ertappt ihn dabei Miss Gravely. Auch wegen dieser Tatsache, vor allem jedoch, weil der alte Seewolf einsam wie ein streunender Hund durchs Leben geht, läßt er sich von Miss Gravely, der alten Jungfer, zu selbstgebackenen „Blaubeermaultaschen" – die sich im amerikanischen Original als „Blueberry Muffins" entpuppen – und Brombeerwein einladen. Noch am gleichen Nachmittag hat Miss Gravely die Muffins gebacken.

CAPTAIN WILES (probiert ein Gläschen Brombeerwein und dann ein Blueberry Muffin): *„So gute Blaubeermaultaschen bringt wirklich nicht jeder zustande. Es kommt darauf an, daß die Blaubeeren überall gut verteilt sind."*
MISS GRAVELY: *„Es kommt allein auf die Blaubeeren an, das ist das ganze Geheimnis. Ich habe die Blaubeeren an der Stelle gepflückt, wo Ihnen dies... äh... Mißgeschick passiert ist."*
CAPTAIN WILES: (verlegen, versucht abzulenken): *„...Wirklich, sehr hübsch, ...'ne richtige Männertasse, so handlich."*
MISS GRAVELY: *„Ein Erbstück aus unserer Familie. Mein Vater hat immer aus ihr getrunken – bis zu seinem Tod."*
CAPTAIN WILES: *„Er hatte sicher einen ganz sanften Tod. Ist ganz friedlich eingeschlafen."*
MISS GRAVELY: *„Er wurde zerstückelt. Von der Dreschmaschine. Das wird Ihnen doch hoffentlich nicht den Appetit verdorben haben?"*
CAPTAIN WILES: (sichtlich beeindruckt): *„Oh, nein, durchaus nicht, Miss Gravely, durchaus nicht. Ich bin es gewohnt, auch die rauhen Seiten des Lebens zu sehen. Ich bin ein Mann, der dem Tod schon oft ins Auge geblickt hat."*
MISS GRAVELY: *„Ja, kürzlich erst wieder."*
Der kleine Arnie, ein Nachbarkind, das die Leiche ebenfalls entdeckt hatte, taucht auf, ein totes Karnickel in der Hand.
MISS GRAVELY: *„Ah, Arnie! Was bringst du uns denn da?"*
ARNIE: *„Ich hab ein Kaninchen gefunden."*
CAPTAIN WILES: *„Ein Kaninchen!"*
MISS GRAVELY: *„Wie heißt denn das liebe Tierchen?"*

ARNIE: „Es ist doch tot. Aber es gehört mir nicht."
CAPTAIN WILES: „Wem gehört es dann?"
ARNIE: „Ihnen. Sie haben's geschossen. Mit Ihrem Gewehr."
MISS GRAVELY: „Sie waren also nicht umsonst zur Jagd. Das wird einen schönen Braten geben."
CAPTAIN WILES: „Dann habe ich also doch noch ein Kaninchen erwischt. Wo hast du's gefunden?"
ARNIE (beäugt sehnsüchtig den Teller mit den Blueberry Muffins): „Da wo die Blaubeermaultaschen wachsen."
CAPTAIN WILES: „Was?"
ARNIE: „Ja, auf dem Hügel."
MISS GRAVELY: „Hier, für dein Kaninchen gibt es eine Blaubeermaultasche. Zufrieden?"
ARNIE: „Es ist aber zwei Blaubeermaultaschen wert."
MISS GRAVELY reicht Arnie eine zweite „Blaubeermaultasche".
ARNIE: „So, jetzt wird's höchste Zeit."
Arnie verschwindet und das Paar am Kaffeetisch auf der Veranda setzt seine Konversation fort.

Blueberry Muffins

Die Engländer verstehen unter Muffins kleine Küchlein, die zum Nachmittags-Tee oder zu einem Gläschen Sherry oder Obstwein gegessen werden. Man verzehrt sie am besten warm gleich nach dem Backen.

175 g Mehl	2 Eßlöffel Sonnenblumenöl
1 Teelöffel Backpulver	2 Eßlöffel Honig
½ Teelöffel Salz	1 Ei
1 Teelöffel Ingwer	150 ml entrahmte Milch
1 Teelöffel gemischte Gewürze	für 8 Muffins je 1 Teelöffel Blaubeeren

Das Mehl mit dem Backpulver, Ingwer, Salz und Gewürzen in eine Schüssel geben. Das Ei schlagen, mit Öl, Honig und Milch vermengen, die Masse über die trockenen Zutaten geben und gut verrühren. Anschließend die dickflüssige Teigmasse in 8 gefettete, runde Backförmchen geben, Je ein Teelöffel Blaubeeren als

Füllung in die Oberseite eindrücken und mit Teig verschließen. Bei 200 Grad im Backofen 20 Minuten lang backen.
Man kann die Blaubeeren auch gleich mit Ei, Öl, Honig und Milch verrühren, über die trockenen Zutaten geben und so im Teig verteilt mitbacken. Das entspräche der amerikanischen Art, von der im Film Captain Wiles spricht: „Es kommt darauf an, daß die Blaubeeren überall gut verteilt sind."

Spuren im Speisewagen

EINE DAME VERSCHWINDET

Die junge Iris Henderson lernt bei einem Zugstopp auf dem Balkan die alte Dame Miss Froy kennen. Als die Fahrt im Orientexpreß endlich weitergeht, verschwindet Miss Froy plötzlich. Niemand kann sich an sie erinnern. Schließlich kann Iris doch den Musikforscher Gilbert überzeugen, gemeinsam nach Miss Froy zu suchen. Das Paar kommt undurchsichtigen Geheimnissen auf die Spur, und am Ende steht neben der Aufdeckung eines Spionageringes noch ein Happy-End.
In diesem Film, der zwei Jahre vor Hitchcocks Weggang nach Hollywood entstand, gibt es wieder viele Szenen, die dem „Mordshunger" im doppelten Sinn gerecht werden. Unser Kompliment an Mr. Hitchcock gilt deshalb neben seiner perfekten Inszenierung vor allem dem hintergründigen Humor, mit dem er gutes Essen und üble Absichten vermengt.

Ein harmloses Beispiel am Anfang:
Iris Henderson kehrt mit zwei Freundinnen von einem Ausflug in die Berge zurück ins Hotel, wo der verzweifelte Manager inzwischen versucht, das Chaos zu lösen, das mit dem Aufenthalt des durch eine Lawine blockierten Zuges und seiner Passagiere entstanden ist.

IRIS: „Wann wird der Zug wieder fahren?"
MANAGER: „Morgen früh. Sie haben Glück, daß Sie mit dem Zug fahren können und nicht laufen müssen. Wie heißt es doch so schön: Das wär' ein schlechter Wind, der nirgendwo schlecht bläst."
FREUNDIN: „Apropos schlecht, wir sterben vor Hunger."
IRIS: „Ja, bringen Sie uns das Abendessen."
FREUNDIN: „Ich könnte ein ganzes Pferd verdrücken."

IRIS: „Bring ihn nicht auf solche Ideen. – Ähh, etwas Huhn und eine große Fla-
sche Champagner. – Heute abend tun wir uns keinen Zwang an."
MANAGER: „Kommt sofort."

Huhn und Champagner – Alfred Hitchcocks Synonym für die Vorstellung kleiner
Leute vom zwanglosen Leben. Er wird dieses cineastische Vorurteil noch oft vari-
ieren.

Etwas später.
Der Kellner bringt etwas Huhn und Champagner und schenkt ein. Iris und ihre
beiden Freundinnen kleiden sich gerade aus. Iris ist in melancholischer Stim-
mung, weil ihre Familie sie verheiraten will. Sie nimmt von ihrer Jungfernschaft
Abschied und hebt das Glas.
Dann sinniert sie: „Ich bin schon überall gewesen und habe alles erlebt. Ich habe
Kaviar gegessen in Cannes, Würstchen in Wien, ich habe Bakkarat gespielt in
Biarritz und Schach mit dem Landgeistlichen. Was also bleibt mir noch, als die
Ehe?"
Alfred Hitchcock amüsiert sich über die kleinen Leute mit ihren kleinen Bedürf-
nissen und zeigt gleichzeitig seine Sympathie für sie. Die Snobs, die jeden Tag
schon zum Frühstück Kaviar und Champagner konsumieren, gefielen ihm noch
weniger – er verachtete sie.

Etwas später.
Zwei englische Reisende haben sich bis zum Hotelrestaurant vorgekämpft.
1. ENGLÄNDER: „Was halten Sie von einem gegrillten Steak?"
2. ENGLÄNDER: „Sehr gute Idee. Für mich bitte durch."
1. ENGLÄNDER: „Für mich bitte medium."
KELLNER: (erwidert etwas in seiner unverständlichen bandrikanischen Landes-
sprache.)
Eine alte Dame am gleichen Tisch mischt sich ein. Es ist Miss Froy, die später auf
mysteriöse Weise verschwinden wird.
MISS FROY: „Ich bitte um Verzeihung. Er versucht Ihnen klarzumachen, daß es
wegen der überraschend vielen Gäste nichts mehr zu essen gibt."
1. ENGLÄNDER: „Nichts mehr zu essen? Was ist denn das für ein Hotel? ...Ist das
Gastfreundschaft, nennt sich das Organisation? Ich habe Hunger! Was für
ein Land, kein Wunder, daß es hier Revolutionen gibt."
MISS FROY: „Wenn Sie mögen, hier ist noch etwas Käse. Natürlich kein Ersatz für
Steak, aber er hat schrecklich viel Vitamine."

Auch hier treibt Hitchcock seine Scherze mit dem Essen. In seinen Filmen wird nicht einfach gegessen, die Mahlzeiten bedeuten dramaturgisch gesehen immer etwas Besonderes. Hier tritt die Käseliebhaberin Miss Froy in einer Weise in Erscheinung, die später zur Wende des Films wird: Die beiden englischen Gentlemen werden sich als einzige an diese Begegnung erinnern und Miss Froy aus ihrem Gespensterdasein befreien. „Schuld" daran ist der Hunger.

Gegrilltes Snob-Steak

Da wir es in diesem Film mit zwei englischen Snobs zu tun haben, gibt es nur eine Möglichkeit, das Steak zu ihrer Zufriedenheit zuzubereiten, es muß medium, oder „medium well-done" sein. Ein Steak das „gut durch" gebraten ist, wie im Filmdialog erwähnt, kommt nicht in Frage. Es wäre für einen Engländer eine Sünde wider das Rindfleisch.

FÜR 2 PERSONEN

1 Porterhouse Steak   *Brunnenkresse*
Olivenöl   *Worcestersauce*

Das etwa 3 cm dicke Steak einmal durchschneiden. Die beiden Steaks von beiden Seiten nach Geschmack – medium oder medium well-done – grillen. Die fertigen Steaks mit frischer Brunnenkresse bestreuen. Die Flasche Worcestersauce darf bei keinem englischen Gentleman fehlen. Dazu ein dunkles Bier – möglichst ein Guinness.
Alfred Hitchcock, der ein großer Fan von Steaks war, liebte allerdings eher die spezielle amerikanische Zubereitung seines Lieblingsfleisches. Deshalb würde er in Bandrike folgendes Steak bevorzugt haben:

Steak à la Hitch

FÜR 2 PERSONEN

2 Filetsteaks
4 Eßlöffel Olivenöl
1 zerdrückte Knoblauchzehe

4 Teelöffel Zitronensaft
Salz
Pfeffer

Die Steaks in einer Marinade aus dem Olivenöl, der zerdrückten Knoblauchzehe und dem Zitronensaft 1–2 Tage lang stehen lassen. Danach abtropfen lassen, mit Salz und Pfeffer würzen und auf einem sehr heißen Grill nicht ganz durchbraten. Dazu paßt ein helles Bier.

Statt Filetsteaks verwenden Amerikaner auch T-Bone-Steaks, Hochrippensteaks oder riesige „Roundsteaks“, ungefähr 4–6 cm dicke Scheiben von der Keule mit dem quergeschnittenen Knochen des Rind-Oberschenkels. Auch bei amerikanischen Barbecues bekommt man 4 cm dicke Riesensteaks, die „Sirloin Steaks“ serviert, die meist auf Holzkohle gegrillt werden. Für einen normal sterblichen Engländer ist das jedoch zu deftig.

Im Speisewaggon des Zuges gibt es darüberhinaus das einzige Zeugnis von Miss Froys Existenz. Die alte Dame hat hier, kurz bevor sie verschwand, ihren Namen auf das beschlagene Fenster gemalt, um Iris Henderson seine Schreibweise zu erläutern. In den Speisewagen kehren alle Personen der Handlung immer wieder zurück. Später wird von hier aus der Zug gegen äußere Überfälle verteidigt werden. Der Speisewagen als „Bauch“ des Zuges und dramatischer Mittelpunkt – in einem Film, der geradezu ein Motiv-Panoptikum des Essens und Trinkens ist.

Mahlzeit in einem Zimmer ohne Aussicht

FAMILIENGRAB

Das Gangsterpärchen Adamson und Fran hat einen Reeder entführt. Im Kellerversteck beobachten sie ihn durch einen Spion. Danach betreten sie einen Raum, in dem der Gefangene gerade gespeist hat.

FRAN: „Mr. Constantine hat uns etwas Wein übriggelassen."
ADAMSON: „Ich glaube, er mag das importierte Zeug nicht."
FRAN: „Es lag vermutlich an meinem Kalbfleisch in Parmesan, ich fürchte, ich habe es zu lange kochen lassen."
ADAMSON: „Sicher ißt er nur lieber in einem Zimmer mit Aussicht. Du weißt doch, wie mäkelig reiche Leute sind."

Kalbsschnitzel Constantine

FÜR 1 PERSON

1 dünnes Kalbsschnitzel	*1 Lorbeerblatt*
40 g Parmesan	*1 Eßlöffel Butter*
1 Eßlöffel Olivenöl	*1 dl trockener Weißwein*
1 Ei	*2 dl Fleischbrühe*
1 kleine Zwiebel	*1 Eßlöffel Mehl*
1 Tomate	*Zitronensaft*
1 Teelöffel Kapern	*Pfeffer*

Das Ei mit der Hälfte des Parmesan verrühren und mit Pfeffer würzen. Tomate schälen, entkernen und achteln. Die Zwiebel in Öl 2–3 Minuten anziehen lassen, mit dem Weißwein ablöschen. Umrühren, die Tomaten, Kapern und das Lorbeerblatt zugeben und von Zeit zu Zeit die heiße Fleischbrühe eingießen, insgesamt 10 Minuten einköcheln und ziehen lassen. Das Schnitzel durch die Parmesankäsemasse ziehen und in Mehl wenden. In Butter 2–3 Minuten ausbraten. Vom Feuer nehmen und warm stellen. Den restlichen Parmesan und Butter in die Bra-

tensauce unterziehen. Mit Weißwein nach Bedarf auffüllen und wiederum einköcheln lassen. Das Schnitzel in der heißen Sauce servieren.
Dazu ein kühler Rotwein, damit dem Entführten die Zeit schneller vergeht.

Das Gericht des Entführten hätte auch

Kalbsnieren in Parmesansauce

sein können. Es hätte ihm vielleicht besser geschmeckt. Diese bereitet man fol-
gendermaßen zu:

FÜR 1 PERSON

4 Kalbsnieren	*3 Tomaten*
2 Eßlöffel Olivenöl	*³/₄ Tasse Weißwein*
250 g noch weicher	*1¹/₂ Tassen brauner Kalbsfond*
Parmesankäse am Stück	*(Fertigprodukt)*
3 Eßlöffel süße Sahne	*1 Eßlöffel gehackter Estragon*
2 Eßlöffel gehackte Schalotten	*¹/₂ Teelöffel Salz*
1 Knoblauchzehe	*gemahlener Pfeffer*
2 Eßlöffel Butter	

Die Nieren in zentimeterdicke Scheiben schneiden, nicht zu stark mit Salz und
Pfeffer würzen. In Olivenöl von beiden Seiten anbraten.
Mit einem Löffel die süße Sahne über die Nierenscheiben geben und die Hälfte
des Parmesan darüber raspeln.
Kalbsnieren mit dem Parmesan im Ofen bei starker Oberhitze 5–10 Minuten
backen, bis der Käse angebräunt ist.
Schalotten und gehackte Knoblauchzehe in Butter in der Pfanne andünsten. Die
vorher enthäuteten, entkernten und geachtelten Tomaten mit andünsten, mit
Weißwein und Kalbsfond ablöschen. Den restlichen Parmesan in die Sauce
geben, diese nach Wunsch einkochen lassen, mit Salz und Pfeffer sowie Estragon
abschmecken. Die Parmesansauce mit den Nierenscheiben anrichten. Dazu
schmecken breite Nudeln und ein kalter Roséwein.

Zum Nachtisch perfekter Mord

DER FREMDE IM ZUG

Zwei Fremde treffen sich zufällig im Zug und werden beschließen, zwei Morde zu begehen, weil das fehlende Motiv jeden von beiden unverdächtig macht. Die folgende Szene ist die entscheidende. Die beiden Männer treffen sich zum erstenmal und danach werden sie in Anthonys Abteil zusammen Hammelkoteletts essen. Haines ist noch unschlüssig. Käme es nicht zu dieser Essensverabredung, gäbe es keinen Mord.

ANTHONY: *„Also trinken wir? Sehr zum Wohl. Wir können dann vielleicht in*
meinem Abteil essen."
HAINES: *„Danke sehr, ich möchte lieber in den Speisewagen gehen – Kellner,*
wissen Sie, ob jetzt im Speisewagen Platz ist?"
KELLNER: *„Erst in zwanzig Minuten mein Herr."*
ANTHONY: *„Sehen Sie, Sie müssen mit mir essen!"*

Das mörderische Schicksal nimmt über das gemeinsame Essen seinen Lauf…

Essen in Marrakesch

DER MANN, DER ZUVIEL WUSSTE

Der amerikanische Arzt MacKenna gerät mit seiner Familie in Marokko in eine Spionageaffäre. Ein Ministerpräsident soll ermordet werden. Nach einem Toten auf dem Marktplatz von Marrakesch blickt MacKenna nicht mehr durch.

In einem marokkanischen Restaurant in Marrakesch, sitzen Ben MacKenna, Jo, seine Frau und das Ehepaar Drayton an einem niedrigen, runden Tisch. Nachdem ein Bediensteter ihnen die Hände gewaschen hat:
DRAYTON: *„Ah, es geht los."*
Der Kellner bringt ein großes Tablett und lüftet nacheinander die Hauben der Schüsseln.
JO: *„Das ist ja lustig."*

DRAYTON: *„Jetzt wird's ernst."*
Der Kellner stellt die Mahlzeit auf den Tisch und hebt den letzten Deckel: zwei Jungenten mit Oliven.
JO: *„Ah, das sieht appetitlich aus. Und riecht wunderbar."*
MRS. DRAYTON: *„Ja, nicht wahr?"*
BEN: *„Ah, das scheint Brot zu sein."*
JO: *„Sag mal, muß man das alles aufessen?"*
BEN: *„Nein, ...nanu, das muß man wohl einfach abreißen?"*
JO: *„Aber das bricht nicht!"*
BEN: *„Na, das wär' doch gelacht!...* (Alle lachen über sein verzweifeltes Bemühen, das Fladenbrot abzureißen.) *Bitte! Na, war's richtig?"*
MRS. DRAYTON: *„Vollkommen richtig! Das war wie Gummi!"*
BEN: *„Hoffentlich kann man's besser kauen als zerreißen!"*
JO: *„Macht das dick?"*
MRS. DRAYTON: *„Das glaube ich bestimmt."*
JO: *„Ich nehme wenig."*
BEN: *„Schmeckt ganz gut, hm? Na, und weiter?"*
MRS. DRAYTON: *„Es gibt kein Besteck."*
BEN: *„Nein?"*
DIE DRAYTONS: *„Nein, nein!"*
BEN: *„Ach so, verstehe, da geht man jetzt einfach mit den Fingern rein, hm?"*
DRAYTON: *„Ach, ääh, darf ich's Ihnen mal zeigen, ja? Man benutzt nur diese beiden Finger und den Daumen der rechten Hand, auf keinen Fall die anderen Finger. Und lassen Sie immer die linke Hand im Schoß."*
BEN: *„Ach so..."*
DRAYTON: *„Ich mach's mal vor, ja?"*
BEN: *„Das dürfte ja nicht weiter schwer sein."*
DRAYTON: *„Ja, so ist's richtig!"*
BEN: (reißt umständlich gleich eine ganze Keule ab) *„Jetzt bräuchte ich die andere Hand, aber... ich kann nicht."*
DRAYTON: *„So ist es ganz stilecht."*
MRS. DRAYTON: *„Sie geben doch nicht auf, Doktor?"*
BEN: *„Nein, ich übe es erst an einer Olive. Sicher ist sicher."*
JO: *„Ah, Liebling, es schmeckt wunderbar. Hier koste mal! Gut?"*

Foto aus: Der Mann, der zuviel wußte

BEN: *„Hm!"*
JO: *„Sagen Sie bitte, hängt diese Art des Essens irgendwie mit der Religion zusammen?"*
DRAYTON: *„Nein, der Brauch ist mehr gesellschaftlicher Art."*
BEN: *„Na, ich weiß nicht, aber ich finde, wenn man vier gesunde Finger und
einen Daumen hat, sollte man sie ruhig alle nehmen... Das schmeckt ausge-
zeichnet, nicht?"*
(Alle stimmen zu.)
In diesem Moment betritt der geheimnisvolle Louis Bernard, der die McKennas
wegen einer angeblich wichtigen Angelegenheit versetzte, in Damenbegleitung
das Restaurant. Ben will wütend aufspringen, Jo hält ihn mit Mühe zurück. Zor-
nig greift Ben sein Ententeil mit beiden Händen, um es auseinanderzubrechen.
Das bemerkt der entsetzt gestikulierende Kellner.
KELLNER: *„No, Monsieur!... Monsieur..."*
(Ben fühlt sich ertappt und schmettert die Entenkeule entnervt auf das Tablett
zurück.)

Jungente mit Oliven

2 bratfertige Jungenten (je 1200 g)   *400 g grüne Oliven*
6 Eßlöffel Öl   *5 cl Madeira*
Salz, Pfeffer   *4 Teelöffel Speisestärke*
¹/₈ l Kraftbrühe (Fertigprodukt)   *1 Prise weißer Pfeffer*
¹/₂ l Weißwein

Die Jungenten innen und außen mit Salz und Pfeffer würzen. Das Öl in einer
feuerfesten Form erhitzen. Darin die Enten rundherum anbraten. Kraftbrühe und
Weißwein nach und nach zugießen. Bei 220 Grad im Backofen zugedeckt schmoren lassen. Inzwischen die grünen Oliven in heißem Wasser blanchieren. Herausnehmen, abtropfen lassen und zu den Enten geben. Eine Viertelstunde vor Ende
der insgesamt 60 Minuten Garzeit den Deckel der Bratform abnehmen. Die Enten
mit den Oliven herausnehmen und warm stellen. Bratfond loskochen, Madeira zugießen, die Speisestärke in Wasser verrühren und den Fond damit binden. Einmal
aufkochen lassen, abschmecken, mit weißem Pfeffer nachwürzen. Die Enten mit
der darübergegossenen Sauce servieren. Beilage: Fladenbrot.

Mord und Mahlzeiten

DER MIETER

Eine Geschichte aus dem Londoner Nebel, wie der Untertitel sagt. Und das ist schon der wesentliche Rahmen der Story. Denn: Ein Frauenmörder nutzt die mangelnde Sicht, um seine Opfer zu finden. Immer sind es blondgelockte Frauen, die er umbringt. Zeugen berichten von einem Verdächtigen, der ein schwarzes Cape und einen schwarzen Koffer trug.

Eines Tages steht ein solcher Mann vor der Tür der Jacksons und will das freie Zimmer mieten. Ist er der Mörder? Der unbekannte Mieter beginnt einen Flirt mit der Tochter der Familie, Daisy – sie ist blondgelockt. Außerdem hat sie einem Polizisten die Ehe versprochen, die dieser vollziehen will, wenn er den Frauenmörder gefaßt hat. Der verdächtige Mieter wird verhaftet, aber genau in diesem Moment stirbt die Schwester des Polizisten unter den Händen eines unbekannten Täters. Eine Treibjagd beginnt...

Soweit die Handlung. Unterschwellig erzählt der Film jedoch wie immer bei Hitchcock eine ganz andere Geschichte. Er ist ein beredtes Zeugnis dafür, wie Hitchcock mit dramaturgischen Mitteln Mord mit Mahlzeiten verknüpfte.

In einer typischen Szene sitzt der Polizist Joe, der Verehrer Daisys, bei den Jacksons in der Küche. Mutter Jackson rollt einen Hefeteig aus, um zu backen, am gleichen Tisch liest der Polizist die Schlagzeilen von den Morden. Daisy tritt ein und legt eine Abendzeitung mit den Mordschlagzeilen achtlos auf den Kuchenteig. Der Polizist drückt daraufhin mit einer Kuchenform ein Herz aus dem Teig heraus, dann noch eins und legt beide schmachtend übereinander. Daisy gibt sie ihm kokett zurück, er zerreißt den Herzteig und seufzt. Mutter Jackson will weiterbacken – da schlägt draußen die Glocke an. Der nach der Zeugenbeschreibung höchst verdächtige neue Mieter steht vor der Tür. Draußen wallt der Nebel. In der Küche küßt der Polizist endlich seine Daisy.

Übersinnlicher Appetit

VERTIGO

John Ferguson leidet unter Höhenangst. In Ernies' Restaurant trifft er Madeleine, der er verfällt. Er folgt ihr von da an auf Schritt und Tritt. Angeblich nimmt sich die junge Frau plötzlich das Leben – oder war es Mord? Der Tatzeuge Ferguson versucht zu vergessen und lernt eines Tages Judy kennen. Er möchte seine neue Freundin Judy so verändern, daß sie seiner früheren Geliebten Madeleine gleicht.

SCOTTI: *„Komm mal her."*

JUDY: *„Oh, nein, du willst nur schmusen."*

SCOTTI: *„Genau das hatte ich vor. Komm mal her."*

JUDY: *„Zu spät, ich bin schon geschminkt… Ich hab vielleicht einen Hunger…*
Möchtest du lieber woanders hingehen?"

SCOTTI: *„Ernies' ist eine gute Idee!"*

JUDY: *„Ich nehme…, ich nehme eins von diesen großen, saftigen Steaks. Und, mal*
sehen… als Vorspeise glaube ich… – hilfst du mir bitte dabei?"

SCOTTI: (nestelt an ihrer Halskette) *„Das haben wir gleich."*

JUDY: *„Ist doch ganz einfach."*

SCOTTI: *„So, jetzt hab ich's."*

(Er schließt den Verschluß und erkennt im gleichen Augenblick, daß Judy das Amulett von Madeleine, der Toten trägt, die er unsterblich liebte. Woher hat sie es?)

Großes, saftiges Steak à la „Ernie's"

Saftig und zart wird nur dunkelrotes Rindfleisch von erstklassigen Schlachttieren, das heißt, es sollte mindestens 14 Tage im Kühlraum abgehangen sein. Das saftigste und zarteste Steak wird aus dem Filet herausgeschnitten. Wie das Chateaubriand: aus der Filetmitte. Es wird am besten gebraten oder gegrillt. Wegen seiner Stärke sollte und kann es einen blutigen Kern behalten.

FÜR 2 PERSONEN

Doppeltes Filetsteak (400–800 g)   *Fleischbrühe (oder Wein)*
Öl-Butter-Mischung

Das Fleisch mit eingeölten Fingern durchkneten (nicht klopfen!), dann mit einer Mischung aus Butter und Öl in einer halbhohen Kupferpfanne mit dickem Boden braten, die das Spritzen des Fetts verhindert. Sauce dazu aus dem Bratfond, mit Wein oder Fleischbrühe abgelöscht, cremig eingekocht. Beilagen können sein: Pommes Frites oder in Fett angebratene Kartoffeln, zarte Gemüse aller Art, Grilltomaten und frische Kresse. Als Begleitung empfiehlt sich ein nicht zu junger roter Burgunder oder Beaujolais.

Ein Gespräch über Verbrechen und Hunger
JUNG UND UNSCHULDIG

Eine Filmschauspielerin wird nach einem Streit ermordet, ein tatverdächtiger Drehbuchautor verhaftet. Dem Verdächtigen gelingt die Flucht, er versteckt sich mit der Tochter des Polizeichefs. Es gelingt ihm schließlich mit Hilfe der jungen Frau, den Ex-Ehemann der Ermordeten, einen Musiker, als Täter zu überführen. Im Eßzimmer des Polizeipräsidenten. Am Tisch ebenfalls Tochter Erica, die dem Verdächtigen gerade zur Flucht verholfen und sich in ihn verknallt hat und vier halbwüchsige Söhne. Der Eßtisch wird beim Löffeln der Suppe zur Drehscheibe der Handlung. Nach diesem Gespräch wird sich die schwankende Erica endgültig entscheiden, dem flüchtigen Tatverdächtigen zu helfen, dadurch ändert sich die Handlung entscheidend.

ERICA: „Komm Herr Jesus sei unser Gast und segne, was du uns bescheret hast. Amen.“

1. SOHN: „Okay!“ Er beginnt die Suppe zu löffeln.

ERICA: „Ein Tischgebet ist etwas Ernstes!“

1. SOHN: „Ja, schon gut.“

2. SOHN: „Eigentlich sollte man nur lateinisch beten.“

3. SOHN: „Du brauchst mit deinem Latein vom Vorjahr gar nicht so anzugeben!“

VATER: „Warst du heute morgen beim Zahnarzt?“

4. SOHN: „Ja, Dad.“

VATER: „Hat's weh getan?“

4. SOHN: „Überhaupt nicht, schau Dad.“ Zeigt seine Zahnlücke.

VATER: „Ziemlich großes Loch, hm?“

4. SOHN: „Ja, aber weh getan hat's nicht, ich hab kaum was gespürt. Er hat gesagt, heute muß ich meine Kartoffeln zermanschen. Ganz ehrlich, zum Zahnarzt gehen macht mir nichts aus.“

1. SOHN: „Na, beim Frühstück warst du ganz schön blaß.“

4. SOHN: „War ich nicht!“

2. SOHN: „Doch, warst du und du hast gezittert wie ein Pudding.“

ERICA: „Appetitlich ist eure Unterhaltung ja nicht gerade.“

4. SOHN: „Am besten wäre, man hätte ein Gebiß.“

ERICA: „Stanley, bitte iß jetzt.“

4. SOHN: „Chris, leihst du mir nach dem Essen dein Luftgewehr?“

1. SOHN: „Ich brauch's selbst, tut mir leid.“

2. SOHN: „Erica, du solltest beiden verbieten, Enten zu schießen, das ist äußerst gefährlich.“

ALLE SÖHNE: „Sagte der Klassenerste.“

ERICA: „Warum müßt Ihr ihn immer ärgern. Er ist nun mal der Klassenerste.“

3. SOHN: „Äußerst gefährlich!...“

4. SOHN: „Halt die Klappe.“

3. SOHN: „Du kannst ja normal reden!“

2. SOHN: „Keine Angst, Chris trifft sowieso nichts.“

1. SOHN: „Und ob ich was treffe! Hier!“ Zeigt eine tote Ratte herum.

(Das Serviermädchen räumt die Suppenteller ab.)

VATER: „Bitte Christopher, das ist ja scheußlich.“

1. SOHN: „Gar nicht! Das ist 'ne prima Ratte.“

ERICA: „Stopf sie weg und wasch dir die Hände!“

1. SOHN: „Ich hab sie mir vor dem Essen gewaschen.“

Foto aus: Rebecca

ERICA: „*Tu was ich sage!*"

1. SOHN: „*Na gut.*"

VATER: „*Der Sergeant hat gesagt, das Benzin ist dir ausgegangen?*"

ERICA: „*Ja, ich äh…, ich mußte meilenweit schieben.*"

2. SOHN: „*Haben sie ihn immer noch nicht?*"

VATER: „*Leider nicht.*"

4. SOHN: „*Das ist selbstverständlich nur eine Frage der Zeit.*"

2. SOHN: „*Selbstverständlich, Mr. Watson!*"

ERICA: „*Wie ist das jetzt mir deinem Zahn, Stanley, soll ich dir Kartoffelbrei machen lassen?*"

1. SOHN: „*Nein, laß nur, ich paß auf, Erica.*"

4. SOHN: „*Es kommt ganz darauf an, wieviel Geld er zur Verfügung hat. Das ist bei einer Flucht ein sehr dominierender Faktor.*"

1. SOHN: „*Ein was?*"

4. SOHN: „*Ein dominierender Faktor.*"

1. SOHN: „*Den kenne ich nicht.*"

VATER: „*Bitte Richard!*"

1. SOHN: „*Wieviel Geld hat er denn bei sich?*"

VATER: „*Er hat zwei Pfund und 3 Schilling. Aber davon hat ihm der Anwalt zwei Pfund als Gebührenvorschuß abgenommen.*"

ERICA: „*Hände gewaschen, Christopher?*"

1. SOHN: „*Ja, Erica.*"

ERICA: „*Dann setz dich bitte wieder hin und iß.*"

4. SOHN: „*Er hat also noch 3 Schilling. Sobald er die ausgegeben hat, geht es ihm wie einer hungrigen Ratte vor der Falle.*"

ERICA: „*Du sollst weiter essen, Christopher.*"

1. SOHN: „*Okay! …Gewehre sind besser gegen Ratten als Fallen.*"

2. SOHN: „*Gib doch nicht so an.*"

4. SOHN: „*Sie war bestimmt schon tot.*"

1. SOHN: „*War sie nicht. Ich hab sie gesehen, wie sie über den Hof gerannt ist. Sie sollten mir ein Gewehr geben, dann würde ich den Kerl schon schnell erwischen, nicht wahr, Daddy?*"

ERICA: „*Christopher, red nicht soviel Unsinn!*"

4. SOHN: „*Was ist denn mit dir los?*"

ERICA: „*Gar nichts.*"

2. SOHN: „*Was wird er sich mit dem letzten Geld kaufen?*"

4. SOHN: „Natürlich was zu essen."
2. SOHN: „Das weiß ich auch. Aber was zu essen?"
1. SOHN: „Würstchen!"
4. SOHN: „Das vernünftigste wäre Schokolade, die gibt viel Kraft und hält lange
vor."
2. SOHN: „Warum soll er überhaupt in einen Laden gehen und was kaufen?"
VATER: „Vermutlich, weil er Hunger hat."
4. SOHN: „Und der Hunger wird ihn zum Aufgeben zwingen."
1. SOHN: „Er kann ja auch vor lauter Hunger in einem Feld umkippen. Dann
hacken ihm die Raben die Augen aus."
Erica hört entsetzt zu.
Das Serviermädchen trägt auf. LAMMKOTELETTS, PELLKARTOFFELN,
BROT

Unschuldige Lammkoteletts auf englische Art

PRO PERSON

2–3 Lammkoteletts   Büschel getrocknete Minze
1 Knoblauchzehe   Salz
Olivenöl

Die etwa 2 cm dicken Koteletts am Rand in gleichmäßigen Abständen mit einem
Messer einkerben. Das Fleisch zumindest an zwei Stellen leicht vom Knochen
lösen, damit es sich beim Braten oder Grillen nicht wölbt. Mit der längs durchge-
schnittenen Knoblauchzehe einreiben, dann etwas Olivenöl mit den Fingerspitzen
einmassieren. Die Koteletts eine halbe Stunde liegen lassen. Den Grill vorheizen
– beziehungsweise die Kohle beim Holzkohlengrill ganz durchglühen lassen – die
Koteletts sehr heiß grillen. Am Fleisch des Innenknochens ist abzulesen, ob es
gar ist – am besten schmeckt es leicht rosig. In der Regel auf beiden Seiten ungefähr 6 Minuten grillen. Salzen und mit Minzebrösel bestreuen. Heiß servieren.

Dazu Pellkartoffeln, möglichst neue Kartoffeln, die in Salzwasser gekocht, abge-
gossen und ausgedampft sind oder ein Stangenweißbrot und ein herber Rotwein.

Keine Geschichte, um sie beim Essen zu erzählen

PSYCHO

In Phoenix, Arizona, geschieht ein Raub. Doch die „Heldin" dieser Tat wird – entgegen allen Filmregeln – schon nach dem ersten Drittel der Handlung ermordet. Ein schizophrenes Muttersöhnchen ist der Täter.
Marion Crane kommt abends im Motel mit ihren geraubten 40 000 Dollar an. Sie ist der einzige Gast. Der Besitzer Norman Bates serviert ihr im mit ausgestopften Vögeln vollgestellten Wohnzimmer einen kleinen Imbiß.
Marion ißt: Getoastetes Weißbrot mit Butter und Hartkäse. Dazu trinkt sie ein Glas Milch.

NORMAN: *„Nach meines Vaters Tod hat Mutter mich allein aufziehen müssen. Ich war erst fünf, und es war ein schwerer Schlag für sie. Nicht daß sie Sorgen hatte. Vater hat ihr genug Geld hinterlassen. Aber sie fühlte sich so schrecklich einsam. Ein paar Jahre danach, da begegnete Mutter diesem Mann, der sie zu allem möglichen überredet hat. Er hätte alles von ihr haben können. Nicht nur Geld. Und als er schließlich starb, da ist sie,… da ist sie… völlig zusammengebrochen. Und wie…, wie er… gestorben ist!…*
Aber das ist keine Geschichte, um sie beim Essen zu erzählen!"

Foto aus: Psycho

Agenten essen mit den Fingern

BERÜCHTIGT

Alicia Hubermann, die Tochter eines wegen Spionage für Nazi-Deutschland verurteilten Amerikaners lernt den Abwehragenten Devlin kennen und erklärt sich aus Liebe zu diesem bereit, die Nazi-Verschwörer zu entlarven. Doch diese schöpfen Verdacht und wollen Alicia vergiften.

In der folgenden Szene haben sich Devlin und Alicia auf der Terrasse eines Hotels in Rio getroffen. Sie beginnen, sich ineinander zu verlieben. Stellvertretend für die Lust, miteinander zu schlafen, steht ihr Dialog übers Essen. „Danach" beginnt die gefährliche Mission, die für Alicia beinahe zum Tod führt.

ALICIA: „Es ist herrlich hier draußen. Laß uns nicht mehr ausgehn. Hier ist's netter."
DEVLIN: „Wir müssen doch essen."
ALICIA: „Wir essen hier – ich koche."
DEVLIN: „Ich denke, du kochst nicht gern."
ALICIA: „Ja, ich hasse das Kochen. Aber im Eisschrank ist ein Huhn –
*   das ißt du."*
DEVLIN: „Und wer wird später Messer und Gabel abwaschen?"
ALICIA: „Wir essen mit den Fingern."
DEVLIN: „Aber Teller nehmen wir."
ALICIA: „Ja, einen für dich und einen für mich."
DEVLIN: „Wollen wir wirklich hier Abendbrot essen?"
ALICIA: „Das wäre herrlich."
Während Alicia das Huhn brät, holt Devlin neue Instruktionen seiner Vorgesetzten ein. Als er ins Hotel zurückkehrt:
ALICIA: (zersäbelt in der Küche das Brathuhn): *„Jeff, bist du es? Gut, daß du*
etwas später kommst, das Huhn hat doch etwas mehr Zeit beansprucht, als
ich geglaubt habe…, ich hoffe, es ist jetzt nicht zu weich. Es wäre beinahe
angebrannt, ich zerteile es lieber gleich hier, das ist bequemer. Und wir

Foto: Der Meister beim Anrichten eines Spezialrezeptes

werden doch lieber mit Messer und Gabel essen. Ich habe es mir überlegt,
wir werden ganz stilvoll zu Abend essen. – Verheiratet sein muß Spaß
machen, wenn man alles so nett herrichten kann. – Hoffentlich ist es dir
hier draußen nicht zu kühl, sonst gehen wir hinein. – Zum erstenmal essen
wir zu Hause Abendbrot...“

Der Regisseur war ein großer Freund gegrillter Hühnchen. Außerdem trieb er
gern seine Späße mit dem gerupften, nackten Federvieh. Es wird kolportiert, er
habe seinen Schauspielerinnen während der Dreharbeiten rohe Hühnerschenkel in
die Kleidungsstücke gestopft. Einer der groben Scherze des dafür berüchtigten
Meisters der Spannung.
Hitch liebte das Hühnchen amerikanisch:

Brathähnchen mit Sauce américaine

1 Poularde oder 1 Brathähnchen   *0,1 l Hühnerbrühe*
2 Schalotten   *1 kleine Dose Tomatenmark*
1 Knoblauchzehe   *1 Lorbeerblatt*
4 Eßlöffel Olivenöl   *je 1 Prise Salz und Pfeffer*
Mehl   *etwas Basilikum*
0,2 l Weißwein   *1 Schuß Cognac*

Schalotten und Knoblauchzehe kleinhacken. Die Poularde in vier Teile zerlegen,
in einer Kasserolle mit dem Olivenöl braun anbraten, leicht mit Mehl bestäuben.
Gehackte Schalotten und Knoblauchzehe kurz mitdünsten. Nacheinander den
Weißwein, die Hühnerbrühe, das Tomatenmark, das Lorbeerblatt, Salz und Pfef-
fer sowie etwas Basilikum dazugeben. Eine Stunde auf kleiner Flamme kochen.
Am Schluß mit einem Schuß Cognac abschmecken.
Dazu einen grünen Salat reichen.

Das wird Ihnen schmecken!

ÜBER DEN DÄCHERN VON NIZZA

Eine Einbruchserie an der Riviera beunruhigt die Einwohner und die Polizei. Der Versicherungsagent Houston von Lloyd in London besucht John Robie in seinem Haus oberhalb von Nizza, der im Verdacht steht, der berüchtigte Dieb „Die Katze" zu sein. Houston will Robie ein Geschäft vorschlagen und ihn dabei einwickeln.

ROBIE: „Kommen wir doch zur Liste Ihrer Klienten, bei denen sich ein Juwelendiebstahl lohnt."

HOUSTON: „Wollen wir nicht zuerst das Essen genießen, wir haben ja so viel Zeit."

Sie beginnen, die Suppe zu löffeln.

ROBIE: „Ich möchte nicht ungeduldig erscheinen, Mr. Houston, aber in zehn Tagen muß ich dem Untersuchungsrichter handgreifliche Beweise vorlegen können."

HOUSTON: (Mit allen Anzeichen, daß ihm die Suppe schmeckt): *„Hier in Frankreich haben sie einen sehr hübschen Brauch – auf Grund mangelnder Beweise vorläufige Freiheit."*

ROBIE: „Aber leider ist die vielleicht sehr kurz für mich."

Wenig später: *HOUSTON: „Sie wurden also nur aus Dummheit ein Dieb?"*

ROBIE: „Reden wir nicht davon."

HOUSTON: „Naja, ich dachte, Sie würden irgendeine rührselige Geschichte zu Ihrer Entschuldigung vorbringen. Daß Ihre Mutter davongelaufen ist, daß Ihr Vater Sie geschlagen hat, oder so etwas."

ROBIE: „Nein, nein. Ich bin vor Jahren mit einem amerikanischen Zirkus nach Europa gekommen. Er machte pleite, ich stieg aus und habe mich dann nach einer lohnenderen Beschäftigung umgesehen."

HOUSTON: „Eine andere Entschuldigung haben Sie nicht?"

ROBIE: „Doch, ich wollte als Trapeznummer nicht aus der Übung kommen."

Die Haushälterin Germaine serviert nach der Suppe den zweiten Gang.

ROBIE: „Erlauben Sie? Das wird Ihnen schmecken. Das ist Quiche Lorraine."

HOUSTON: „Quiche Lorraine? Ich habe schon davon gehört. Aber ich habe es noch nie probiert. Hmmh, wundervoll! Ich muß sagen, es zergeht auf der Zunge."

ROBIE: *„Ja, Germaine hat sehr viel Fingerspitzengefühl. Ihre äußere Erscheinung täuscht. "*

HOUSTON: *„Ja, das spürt man. "*

ROBIE: *„Sie hat mal im Zirkus einen ausgebrochenen Löwen eingefangen. Mit bloßen Händen! "*

HOUSTON: (wird bleich und legt Messer und Gabel nieder): *„Eine außergewöhnliche Frau…"*

Quiche Lorraine

100 g durchwachsener Speck	*3 Eier*
2 Zwiebeln	*100 g geriebener Emmentaler*
2 Eßlöffel Butter	*1 Messerspitze Muskat*
150 g süße Sahne	*¹/₄ Teelöffel Salz*
1 Tasse Milch	*weißer, gemahlener Pfeffer*

FÜR DEN TEIG:

200 g Mehl	*4 Eßlöffel Milch*
100 g Butter	*¹/₄ Teelöffel Salz*

Mehl, Butter, Milch und Salz für den Teig verkneten, diesen 30 Minuten ruhen lassen.

Inzwischen Speck und Zwiebeln in kleine Würfel schneiden und in Butter andünsten.

Sahne, Milch und Eier verrühren, den Käse, die Zwiebeln, den Speck und die Gewürze dazugeben und vermengen.

Nun den Teig dünn ausrollen und in eine gebutterte, mit Mehl bestäubte Backform mit Rand geben. Die Masse auf den Teig geben und bei 180 Grad im Ofen knapp 30 Minuten backen. Man kann auch vorher Portionen ausschneiden und getrennt backen. Heiß servieren und sofort essen.

Leberwurst!!!

ICH KÄMPFE UM DICH

Die Psychologin Dr. Peterson gewinnt den Eindruck, daß Dr. Ballantine, ihr neuer Chef in der Nervenklinik, selbst krank ist. Sie beschließt, dies herauszufinden und läßt sich auf ihn ein. Eines Tages machen sie und ihr Patient Ballantine ein Picknick. Beide sind dabei, sich heftig ineinander zu verlieben.

BALLANTINE (himmelt sie an): *„Ach ja, wir haben... etwas zu essen mit. –*
Schinken oder Leberwurst?"
DR. PETERSON (verzückt): *„...L e b e r w u r s t ! ! !"*

Was es außer Leberwurst noch für amerikanische Sandwiches gibt, zeigt das folgende beliebte Rezept:

Dickes Roastbeefsandwich

PRO PERSON

2 Scheiben Roggentoastbrot   *Mayonnaise*
2 dünne Roastbeefscheiben   *Senf*
Bratensauce oder Fleischfond   *Gewürzgurke*
1 grünes Salatblatt   *Kartoffelchips*

Das Roggenbrot ganz kurz antoasten. Eine Lage von zwei möglichst frisch heruntergeschnittenen dünnen Roastbeefscheiben in etwas Fleischfond oder Bratensauce anwärmen, auf eine der mit dem Salatblatt belegten und mit Mayonnaise bestrichenen Brotscheiben geben, mit der warmen Bratensauce oder dem Fleischfond überziehen. Die andere Brotscheibe mit Senf bestreichen und auf die Scheiben Roastbeef legen. Dazu kann man eine Gewürzgurke und Kartoffelchips reichen.

Eine Speisekarte für Seekranke

ENDLICH SIND WIR REICH

Annes Ehemann Fred, mit dem sie sich auf einer Kreuzfahrt um die Welt befindet, die ihnen ein reicher Onkel ermöglichte, liegt seekrank in seiner Kabine. Der Bordkellner klopft und tritt mit feistem Grinsen ein: *„Wie geht es uns heute, Sir? Haben Sie auf etwas Appetit?"*
Der Kellner überreicht dem halb bewußtlosen Fred süffisant die Speisekarte. Fred wirft einen angeekelten Blick darauf. Das Dinner Menü lautet: PEA SOUP, LOBSTER MAYONNAISE, BOILED LEG OF PORK, CREAMED CARROTS, FRENCH FRIED POTATOES, CREAM SHERRY TRIFLE, MACARONI AU GRATIN, COFFEE (TURKISH), GORGONZOLA CHEESE, BISQUITS. Die deutsche Synchronisation zoomt die einzelnen Gänge genüßlich und aufdringlich (und nicht immer korrekt) aus der Speisekarte heraus: ERBSENSUPPE, HUMMERMAYONNAISE, GESOTTENE SCHWEINEKEULE, BISQUITS IN SHERRY MIT SAHNE, KAFFEE TÜRKISCH, GORGONZOLA.
Fred verdreht die Augen zum Kabinenhimmel und bestellt dem pikierten Kellner mit ersterbender Stimme: *„Bitten Sie meine Frau, mir eine Weintraube zu bringen."*
Einige Sequenzen später liegt Fred noch immer seekrank im Bett und seine Frau vergnügt sich mit dem Kapitän des Schiffes. Als Anne wieder einmal an ihren Gatten denkt und ihn an seinem Krankenlager besucht, spricht dieser in Fieberphantasien.
FRED: *„...Ja, aus dem Büro... Was gibt's zu essen, Anne? Steak? Steak und Nierenpudding? Schon wieder? Jeden zweiten Abend Steak und Nierenpudding!..."*
Die Ehefrau erbleicht, verkrampft die Hände vor dem Bauch und bleibt wie versteinert vor dem Bett stehen.

Steak und Nierenpüree

FÜR DAS NIERENPÜREE

500 g Hammelnieren	½ l warme Milch
125 g Weißbrot	2 feingehackte Zwiebeln
⅛ l süße Sahne	Salz, Pfeffer
4 Eier, 4 Eigelb	Bratensauce

Die Nieren blanchieren, kleinhacken und mit dem in Sahne aufgeweichten Weißbrot pürieren. Die Eier, das Eigelb und die warme Milch mit 2 in Butter glasig gedünsteten Zwiebeln vermischen, mit Salz und Pfeffer abschmecken. In zwei gebutterten Charlottenformen im Wasserbad garziehen, anschließend stürzen und mit einer leichten Bratensauce überziehen. Dazu ein großes, gegrilltes Steak à la Hitch, wie aus dem Film „Eine Dame verschwindet" (S. 12).

Einen Cocktail vor dem Essen

DER UNSICHTBARE DRITTE

Thornhill ist auf der Flucht vor einem ausländischen Geheimdienst und vor der einheimischen Polizei, die ihn als Mordverdächtigen sucht. Er rettet sich in den Chicago-Expreß, in dem er die rätselhafte Eve Kendall trifft, die ihm hilft. Im Speisewagen begegnet er ihr wieder.

KELLNER: „Einen Cocktail vor dem Essen?"
THORNHILL: „Ja bitte, einen Martini."
KELLNER: „Sofort."
THORNHILL (zu Miss Kendall, die ihn spöttisch mustert): *„Tja, so trifft man sich wieder."*
KENDALL (sehr gedehnt): *„Tjaaa…"*
THORNHILL: (studiert angestrengt die Speisekarte, dann): *„Können Sie mir irgend etwas empfehlen?"*

KENDALL (spöttisch): „*Wie wär's mit einem Sauerbraten? Ein bißchen sauer, aber ganz schmackhaft.*"

THORNHILL: „*Mmh. Ja, das nehmen wir.*"

KELLNER: „*Was darf ich Ihnen bringen?*"

THORNHILL: „*Ich möchte einen... Sauerbraten. Ohne Kartoffeln.*"

KELLNER: „*Sehr wohl.*"

Sauerbraten amerikanische Art

1 kg Rindfleisch
(Oberschale oder Rinderbrust)
¹/₄ l Rotweinessig
¹/₄ l Wasser
2 Zwiebeln
2 Knoblauchzehen
2 Stangen Bleichsellerie
1 Karotte
6 Stengel Petersilie
2 Lorbeerblätter

4 Nelken
40 g Bauchspeck
¹/₄ l Rinderfond
300 g passierte Tomaten (Dose)
1 Eßlöffel brauner Zucker
1 Eßlöffel Zitronensaft
80 g Pfefferkuchen
Petersilie
Salz, Pfeffer

Rindfleisch in eine flache Glasform geben. Essig, Wasser, Zwiebel, Knoblauch, Sellerie, Karotte, Petersilie, Lorbeer und Nelken hinzufügen. Zudecken und 3 Tage im Kühlschrank marinieren, ab und zu wenden – das Marinieren ist für den speziellen Geschmack das Wichtigste.

Das Fleisch danach herausnehmen und die Marinade beiseitestellen. Fleisch trockentupfen, mit dünnen Scheiben des Bauchspecks umwickeln, in Mehl wenden und schnell, zusammen mit einer Zwiebel, anbraten. Mit wenig verdünnter Marinade aufgießen, im Bratrohr unter öfterem Nachgießen der Marinade ungefähr 11/2–2 Stunden garbraten.

Für die Sauce: Fett, geriebenen oder geraspelten Pfefferkuchen und braunen Zucker erhitzen, mit Mehl bestäuben, dunkel rösten, mit dem Rinderfond aufgießen, am Schluß die passierten Tomaten dazugeben und kurzzeitig aufköcheln lassen. Sauce mit Rotwein abschmecken. Am Schluß mit Petersilie garnieren. Beilagen: Nudeln, Semmelknödel, Rotkraut oder Rosenkohl – keine Kartoffeln.

Der verdächtige Kuchenteig

IM SCHATTEN DES ZWEIFELS

Charlie Oakley fährt nach Santa Rosa zu den Newtons, der Familie seiner Schwester. Er ist auf der Flucht. Langsam kommen die Behörden dahinter, daß er der „Witwenmörder" ist. In der folgenden Szene tauchen zwei als Interviewer getarnte Polizisten bei den Newtons auf, um Oakley aushorchen zu können. Emma Newton ist gerade dabei, einen Marmorkuchen zu backen.

1. POLIZIST: „Wie wär's, wenn Sie grad' ein Ei aufschlagen würden, Mrs. Newton"

MRS. NEWTON: „Aber wenn man einen Kuchen anrührt, kommt das doch ganz zuletzt! Zuerst muß man Butter und Zucker anrühren und dann – Interview hin, Interview her – ich schlage auf keinen Fall zuerst ein Ei in den Teig. Gerade bei Marmorkuchen, …mein Bruder Charles ißt für sein Leben gern Marmorkuchen."

2. POLIZIST: „Was ist Ihr Bruder, Mrs. Newton?"

MRS. NEWTON: „Oh, Charles ißt, glaube ich, alles, was man ihm vorsetzt. Ach, Sie meinen, was er tut? Er macht Geschäfte, Sie wissen ja, wie Männer so sind. Meiner arbeitet ja in einer Bank, aber Charles ist eben Geschäftsmann. – Mr. Saunders, wenn Sie unbedingt ein Foto machen wollen, wie ich ein Ei in den Teig schlage, dann müssen Sie sich bitte gedulden, bis ich die Butter und den Zucker verrührt habe."

1. POLIZIST: „Gut, ich warte."

2. POLIZIST: „Dürfen wir uns oben ein bißchen umsehen? Würden Sie mitkommen, und Ihre Mutter ruft uns dann, wenn sie fertig ist?"

CHARLIE NEWTON: „Ist gut."

MRS. NEWTON: „Sie müssen wirklich warten, Mr. Saunders! Man muß die Eier genau im richtigen Moment reintun. Ich kann sie nicht aufschlagen und solange stehenlassen!"

2. POLIZIST: „Sobald ich höre, daß Sie die Eier aufschlagen, bin ich wieder unten, Mrs. Newton."

MRS. NEWTON: „Ja, ist gut."

Marmorkuchen Mrs. Newton

250 g Butter	*375 g Mehl*
300 g Zucker	*¹/₂ Päckchen Backpulver*
7 Eier	*50 g Kakao*
abgeriebene Zitronenschale	*Prise Puderzucker*
1 Prise Salz	

FÜR DEN RÜHRTEIG:

Die Butter schaumig rühren, Zucker und Eier nach und nach abwechselnd dazugeben und zu einer lockeren Schaummasse verrühren. Abgeriebene Zitronenschale und eine Prise Salz beifügen. Das mit Backpulver vermischte, gesiebte Mehl abwechselnd mit so viel Milch darunterarbeiten, daß ein weicher Teig entsteht, der breit und schwer vom Löffel fällt. Falls der Teig auch ohne Zugabe von Milch schon die richtige Konsistenz hat, kann auf die Milch verzichtet werden.

FÜR DEN MARMORKUCHEN:

Teig in zwei Teile teilen. Eine Hälfte des Teigs mit 50 g gesiebtem Kakao dunkel färben und noch 2–3 Eßlöffel Milch darunterrühren. In eine gefettete und bemehlte Form zuerst hellen, dann dunklen Teig füllen, mit einer Gabel spiralenförmig durchziehen. Bei 180 Grad eine knappe Stunde durchbacken. Nach dem Herausnehmen stürzen und mit Puderzucker bestreuen.

Rezepte vom schwarzen Markt

TOPAZ

Der französische Spion Devereaux und die ehemalige kubanische Revolutionärin Juanita de Cordoba sitzen beim Essen. Beide haben sich ineinander verliebt, was der kubanische Revolutionär Parra eifersüchtig beobachtet. Da er Devereaux' Agententätigkeit auch noch zu durchschauen beginnt, dringt er plötzlich, ohne Anmeldung, in das traute Stelldichein ein. Die Frau faßt sich zuerst.

JUANITA: „Ich kann dir auch noch etwas zu essen bringen lassen."
PARRA: „Ich habe schon gegessen."
DEVEREAUX: „Wie schade! Die Ente Toulouse ist köstlich."
PARRA: „So, so!..."
JUANITA: „Vom schwarzen Markt!"

Ente Toulouse

Das Rezept kennt mancherlei Varianten. Hier ein Beispiel:

1 Ente	*5 Karotten*
5 Zwiebeln	*Salz*
2 Knoblauchzehen	*Pfeffer*
einige Zweige Thymian	*Zucker*
100 g grüne Oliven	*Öl zum Braten*
1 Scheibe Sellerie	*¹/₂ l Weißwein*

FÜLLUNG:

500 g Schweinehack	*4 Semmeln*
500 g Schweineschulter	*Salz, Pfeffer, 2 Knoblauchzehen*
8 Eier	*Tierdärme für die Haut*

Ente waschen, abtrocknen, außen und innen salzen und pfeffern. Die Hackfleischwürste in Scheiben schneiden, in die Ente legen. Öffnungen zunähen. Ente in Öl anbraten, bis sie Farbe bekommt. Zwischendurch Zwiebeln schneiden (fein), Knoblauch mit etwas Salz zerreiben und beides zusammen mit dem Thymian zur Ente geben. Oliven in feine Ringe schneiden, Sellerie mit Karotten feinhacken, alles dazugeben, mit Pfeffer und Zucker nachwürzen, mit Weißwein aufgießen und die Ente im geschlossenen Topf weich dünsten. Danach die Ente herausnehmen, zerlegen und auf einer vorgewärmten Platte mit den Hackfleischwürstchen anrichten. Zwischendurch läßt man den Sud einkochen und bringt ihn ebenfalls auf den Tisch.

Ente Toulouse wird in der Regel vor dem Servieren von den Knochen abgelöst. Das Fleisch kann zum Beispiel zusammen mit Toast gereicht werden. der mit Orangen- oder Pflaumenmarmelade bestrichen ist. Ebensogut kann man jedoch auch Knödel oder – in Gänseschmalz gebratene – Kartoffeln servieren. Dazu ein trockener Weißwein oder Rosé.

FÜLLUNG: HACKFLEISCHWÜRSTE

Eier in einer Schüssel schlagen. Semmeln in Würfel schneiden, in die Eier geben, über Nacht im Kühlschrank ziehen lassen. Danach Schweineschulter in Würfel schneiden und mit dem Hackfleisch unter die Eierbrotmasse geben. Diese mit Salz und Pfeffer würzen, zerriebene Knoblauchzehen hinzugeben und in die Därme füllen, diese zunähen. Würste in einem Topf mit reichlich Wasser ca. 3 Stunden lang auf kleiner Hitze kochen.

Auch so kann „Ente Toulouse" zubereitet werden:

1 Jungente, ca. 2 kg	*1 Glas Weißwein (trocken)*
3 Eßlöffel Butter	*1 Eßlöffel Kartoffelmehl*
4 Eßlöffel Öl	*100 g grüne Oliven*
Salz, Pfeffer	*150 g Toulouser Wurst*
4 Karotten	*5 Knoblauchzehen*
2 Zwiebeln	*Weißbrotscheiben*
1 Glas Portwein	*gehackte Petersilie*

Ente mit Butter, Öl, Salz, Pfeffer anbraten, Karotten und Zwiebelwürfel dazugeben, ca. 1 Stunde lang auf schwachem Feuer im Topf schmoren lassen.
Ente herausnehmen und den Bratensaft nochmals aufkochen lassen, bis er sich am Boden festsetzt und das überschüssige Fett abgeschöpft werden kann. Mit Portwein, Weißwein und einem Glas Wasser übergießen und mit dem in etwas Wasser verrührten Kartoffelmehl binden. Sauce durch ein Sieb streichen und warm stellen. Grüne Oliven entkernen und einige Minuten in Wasser kochen.
Toulouser Wurst in einer Pfanne anbraten und in Scheiben schneiden. Knoblauchzehen hacken und Weißbrotscheiben anrösten. Oliven, Wurstscheiben und Knoblauch in Butter dünsten. Alles auf der zuvor tranchierten und von den Knochen gelösten Ente verteilen. Die Sauce darübergießen, mit geröstetem Brot garnieren und gehackte Petersilie darüber verteilen.

Rezepte für Zwei in Lebensgefahr

DAS FENSTER ZUM HOF

Der Fotograf Jefferies ist wegen eines Gipsbeins beruflich untätig. Doch von seinem Fenster zum Hof aus beobachtet er die Hausbewohner und kommt mit der Hilfe seiner Freundin Lisa langsam dahinter, daß der Mann von Gegenüber, ein gewisser Thorwald, seine Frau ermordet und zersägt haben muß.
Nach dem Mord von Thorwald an seiner Frau, den Jefferies indirekt mitansah.
Stella, die Haushälterin, stellt dem Rollstuhlinsassen das Frühstückstablett hin: Toast, Marmelade, Spiegeleier mit rohem Schinken, Kaffee.

JEFF: *„Oh, Gott segne Sie, Stella! Ahh, was haben wir denn schönes? Ich kann Ihnen gar nicht sagen, wie mich das alles erfreut. Kein Wunder, daß Ihr Mann sie noch liebt!"*
STELLA: *„Haben Sie die Polizei angerufen?"*
JEFF: *„Nein, nicht ganz, es war kein offizieller Anruf. Nur ein alter Freund von mir. Ein alter, alter Kumpel!"*
STELLA: *„Sagen Sie, wo glauben Sie, hat er Sie auseinandergenommen!?..."*
Jefferies, der sein tropfendes Spiegelei auf der Gabel zum Mund führen will, erstarrt mitten in der Bewegung.
STELLA: *„...natürlich! In der Badewanne! Das ist der einzige Ort, wo er das Blut wegspülen konnte!"*
Jefferies betrachtet irritiert den gerösteten Schinken auf seiner Frühstücksgabel, legt ihn langsam auf den Teller zurück.
Stella starrt nachdenklich zum Fenster des Mörders Thorwald hinüber und beißt gedankenverloren in eine getoastete Weißbrotscheibe.
Jefferies trinkt gierig einen Schluck Kaffee aus der Tasse.
STELLA: *„Der soll lieber den Schrankkoffer wegschaffen, bevor es anfängt durchzusickern!"*
Jefferies verschluckt sich bei diesen Worten am Kaffee.

Foto aus: Fenster zum Hof

Wenig später:
Die Haushälterin hat gerade Jefferies massiert, der nicht mehr schläft, weil er Thorwald beobachtet.

JEFF: „*Oh, das ist schön, Stella, würden Sie mir jetzt bitte ein Sandwich machen?*"

STELLA: „*Ja, mach ich. Und ich werde ein bißchen gesunden Menschenverstand draufschmieren.*"

Später: In der Hinterhofwohnung von Jefferies. Seine Freundin Lisa besucht ihn.

LISA: „*Was hältst du davon, wenn wir mit einem Abendessen im ‚Twenty One' beginnen?*"

JEFF: „*Nanu, hast du vielleicht eine Ambulanz vorm Haus stehn?*"

LISA: „*Nein, was besseres: ‚Twenty One'!*" (Sie öffnet die Tür von L. B. Jefferies Apartment, und ein rotbefrackter Kellner tritt ins Zimmer, mit gekühltem Wein und einem Menü in der Wärmetasche.)

LISA: „*Vielen Dank, daß Sie gewartet haben Carl. Die Küche ist dahinten links... Moment, ich nehme den Wein.*"

Kellner: „*Guten Abend, Mister Jefferies!*"

JEFF: „*n'Abend, Carl!*"

LISA: „*Machst du den Wein auf?*"

JEFF: „*Natürlich!*"

LISA: „*Es ist ein sehr guter Wein.*"

JEFF: „*Ein ganzes großes Glas voll! – Da drüben ist ein Korkenzieher!...*"

LISA: „*Ich kümmere mich jetzt erst mal ums Abendessen...*"

JEFF: „*Sieht gut aus!...*"

LISA: „*Wenigstens kannst du nicht sagen, daß das Essen nicht gut ist.*"

JEFF: „*Lisa, es ist perfekt, wie immer!*"

(Die Kamera zeigt auf dem Teller einen jungen Fasan im Speckmantel, mit Sellerie garniert.)

Fasan im Speckmantel mit Sellerie à la „Twenty One"

1 junger Fasan
Salz, Pfeffer
1 breite Scheibe fetter Speck (ca. 80 g)
80 g Butter

½ Glas Madeira
1 kleine Trüffel (aus der Dose)
1 Eßlöffel Fleischbrühe

BEILAGE:

1 Knolle Sellerie
50 g Butter

Salz

Jungen Fasan waschen und abtrocknen, leicht mit Pfeffer und Salz einreiben. Mit breiter, fetter Speckscheibe einwickeln und diese mit einem Faden befestigen. Butter in einem Topf erhitzen und das Geflügel darin von beiden Seiten anbraten. In den vorgeheizten Backofen schieben und bei 220 Grad Mittelhitze goldbraun braten, dabei mit Bratfett übergießen. Nach ca. 30 Minuten aus dem Topf nehmen und warm stellen.

Das Bratfett abgießen und mit Madeira, Trüffelsaft aus der Dose und 1 Eßlöffel Fleischbrühe aufkochen. Eine geschälte und in Streifen geschnittene Trüffel hinzugeben.

Da die Zubereitungszeit ca. 40 Minuten beträgt, muß mit der Selleriebeilage vorher begonnen werden: Sellerieknolle gründlich schälen und in feine Streifen schneiden. Butter in einem Teflon-Topf zerlassen und die Selleriestreifen mit etwas Salz zugedeckt bei leichter Hitze weich dünsten (ca. 45 Minuten). Hin und wieder umrühren, um ein Anbrennen zu verhindern.

Beilage: In Butter gebräuntes Weißbrot.

Hühnchen erwürgen

COCKTAIL FÜR EINE LEICHE

In einem New Yorker Apartment geschieht – kurz vor einer Party – ein Mord. Der Tote wird in einer Truhe aufbewahrt, auf der die Mörder für die zu erwartenden Gäste die leckersten Häppchen auftischen. Die Gäste kommen, das makabre Kammerspiel nimmt seinen Lauf.

JANET: *„Was möchtest du haben?"*

PHILIP: *„Von allem ein wenig. Für Mrs. Atwater."*

JANET: *„Und was möchtest du?"*

PHILIP: *„Ich esse nichts."*

JANET: *„Das verstehe ich nicht. Mir ist noch nie ein Mensch begegnet, der kein Huhn ißt... Warum ißt du keins, Philip?"*

PHILIP: *„Nur so."*

JANET: *„Aber das muß doch einen Grund haben! Freud sagt, es gibt für alles einen Grund. Und das war ein kluger Mann."*

PHILIP: *„Ich habe keinen Grund, Janet."*

RUPERT: *„Soviel ich weiß, Philip, ißt du aus einem ganz bestimmten Grund kein Huhn."*

JANET: *„Ich wußte doch, es muß irgendeinen Grund haben. Erzähl mal, Brandon."*

BRANDON: *„Da gibt's nicht viel zu erzählen."*

RUPERT: *„Ich finde die Geschichte faszinierend."*

JANET: *„Komm, Brandon, bitte."*

BRANDON: *„Nun ääh, es war... vor etwa drei Jahren in Connecticut. Meine Mutter hat dort ein Anwesen, wissen Sie. Wir wollten abends Hühnchen essen, und deshalb gingen wir rüber zur Farm. Es war ein herrlicher Sonntagmorgen im Frühling. Es sangen die Vögel und überall läuteten die Kirchenglocken, während Philip auf dem Hof ein paar Hühnern den Hals umdrehte. Gewöhnlich erledigte er diese Aufgabe absolut perfekt. Aber an diesem Morgen machte sich Philip vielleicht etwas zu vorsichtig ans Werk. Worauf eins*

Foto aus: Cocktail für eine Leiche

seiner Opfer rebellierte und Philip sämtlichen Hühnern auf dem Hof den
Hals umdrehte.“

PHILIP: *„…das ist eine Lüge!…“*

BRANDON: *„…Philip!…“*

PHILIP: *„Von dieser Geschichte ist kein Wort war! Ich habe noch nie einem Huhn*
den Hals umgedreht!“

BRANDON: *„Warum gibst du's nicht zu? Was ist denn daran so schlimm?“*

PHILIP: *„Ich habe noch nie ein Huhn erwürgt!“*

Gift zum Dinner

DER FALL PARADINE

Dieser Film ist ein besonderes Beispiel dafür, wie Hitchcock mit dem Entsetzen
scherzt und die Nahrungsaufnahme mit dem Verbrechen konterkariert. Dafür drei
Dialogbeispiele.
Die schöne Mrs. Paradine wird verdächtigt – und später auch dafür abgeurteilt –,
ihren blinden Ehemann vergiftet zu haben. Ein ausführlicher Prozeß vor Gericht
rollt den Fall auf. Gleich am Anfang des Court-Movies – Mrs. Paradine hat sich
gerade zum Dinner umgezogen und einen Sherry getrunken – wird sie verhaftet.

KOMMISSAR: *„Der Haftbefehl besagt, daß Sie unter dem Verdacht stehen, am*
6. Mai 1946 Ihrem Ehemann Irving Patrick Paradine vorsätzlich eine giftige
Flüssigkeit verabreicht zu haben oder verabreichen ließen und ihn auf diese
Weise ermordeten.“

MRS. PARADINE daraufhin zum Butler: *„Voraussichtlich werde ich heute abend*
nicht nach Hause kommen. Die Köchin braucht das Abendessen nicht anzu-
richten.“

In der Tat, die Köchin braucht nie mehr das Abendessen anzurichten, denn Mrs.
Paradine wird gehenkt werden.

Später vor Gericht.

ANKLÄGER: *„Am Abend des 6. Mai dieses Jahres haben Oberst Paradine eine oder*
mehrere Personen eine tödliche Dosis Gift verabreicht. Um 9.30 Uhr hörte
man seine Schreie. Er starb wenige Minuten später unter Qualen, noch ehe

sein langjähriger, ihm ergebener Diener ihm zu Hilfe eilen konnte. Die
Nachforschungen haben ergeben, daß am Abend des 6. Mai im Hause Para-
dine ein Streit entbrannte, in den der Oberst, Mrs. Paradine und der Diener
verwickelt waren. Der Oberst befand sich in einer sehr erregten Gemütsver-
fassung und zog sich bald nach dem Streit in sein Schlafzimmer zurück. Der
Kammerdiener brachte ihm das Abendessen, das aus gebratenem Huhn,
Pommes Frites, Blumenkohl und frischem Salat bestand. Später bat er den
Diener, ihm noch ein Glas Burgunder zu bringen und es so neben das Bett
zu stellen, daß es ihm möglich war, es selber zu greifen.“

Wer in einem Hitchcock-Film ißt und trinkt, hat selbst Schuld und muß die Fol-
gen tragen.
Auch am Ende des Films ißt man wieder. Diesmal bei Richter Horfield. Er sitzt
mit seiner Gattin zu Hause an der üppig gedeckten Abendtafel und zieht eine Art
Fazit.
RICHTER HORFIELD: *„Wirklich erstaunlich, wie sehr die Windungen einer Walnuß*
mit denen des menschlichen Gehirns vergleichbar sind.“
Krachend knackt er die Nuß.

Es ist serviert!

DER AUSLANDSKORRESPONDENT

In den letzten Tagen vor dem Ausbruch des Zweiten Weltkrieges wird der New
Yorker Journalist Haverstock als Auslandskorrespondent nach Europa geschickt.
Hier gerät er in die Affären einer politischen Konspiration.

Auf einer Party des Londoner Presseclubs:
DIENER: *„Es ist serviert!“*
HAVERSTOCK: *„Oh, gehen Sie noch nicht! Sie sind doch nicht wild auf 'ne lang-*
weilige Geflügelpastete!“
CAROL FISHER (zögert und bleibt.)

Langweilige Geflügelpastete (mit Gänseleber)

1 Perlhuhn (1–1,5 kg)
½ Teelöffel Pastetensalz
1 Ente (1,5–2 kg)
200 g Schweinefleisch
1 Teelöffel Salz, 1 Teelöffel Thymian
½ Teelöffel Ysop
10 weiße Pfefferkörner, zerdrückt
2 Wacholderbeeren, zerdrückt
¼ Teelöffel Piment
½ Lorbeerblatt
1 Zwiebel
1 Karotte
1 Sellerieknolle
1,5 l Knochenbrühe

5 weiße Pfefferkörner
½ Teelöffel Basilikum
2 Teelöffel süßes Paprikapulver
½ Knoblauchzehe
¼ l roter Burgunder
200 g Gänsestopfleber
⅛ l Portwein
100 g Trüffel
5 Eßlöffel Öl
50 g Schalotten
200 g frischer Speck
Butter zum Anfetten
1 Eigelb
Pastetenform (ca. 1,5 l Inhalt)

Perlhuhnbrust auslösen, parieren mit Pastetensalz bestreuen. Für die Farce vom übrigen Vogel und von der Ente alle großen Fleischstücke auslösen und von Häuten und Sehnen befreien. Das Geflügelfleisch und Schweinefleisch in Streifen schneiden, mit Salz und Gewürzen bestreuen und im Kühlschrank knapp 2 Stunden ruhen lassen.

Von Perlhuhn und Ente das Gerippe zerschlagen, mit dem Restfleisch, Gemüse, Brühe, Gewürzen und dem Wein zu einem braunen Fond kochen und auf die Hälfte reduzieren.

Gänsestopfleber enthäuten und von Adern befreien, vorsichtig durchkneten, mit dem Pastetensalz bestreuen und mit Portwein übergießen. Kühl stellen. Die Gänsestopfleber abtropfen und Trüffelstücke darin einhüllen.

In einer Pfanne Öl erhitzen, Perlhuhnbrust darin kurz anbraten. Im Bratenfond die Schalotten gewürfelt anschwitzen und mit dem Geflügelfond aufgießen. Dickflüssig einkochen (schwache Hitze) und durch ein Sieb auf die Perlhuhnbrust passieren. Kalt werden lassen.

Gewürztes Fleisch zweimal durch einen Fleischwolf drehen (für die Farce). Speck in Scheiben schneiden, einmal durchdrehen, in kleine Portionen unter das Fleisch arbeiten. Farce durch ein Sieb streichen und 10 Minuten rühren, bis sie locker ist.

Ausgefettete Form mit Pastetenteig auskleiden und die Hälfte der Farce einfüllen. Perlhuhnbrust mit dem dickflüssigen Jus und mit der getrüffelten Gänsestopfleber in die Pastete einlegen. Mit restlicher Farce abdecken, überstehende Teigränder über die Farce legen, mit Eigelb bestreichen, Teigplatte auflegen und Ränder gut andrücken. Erkaltete Pastete mit Portweingelee ausgießen (vorher einen Kamin ausstechen). So angerichtet, hält die Pastete ca. 1 Stunde Backzeit über in Atem und schmeckt überhaupt nicht langweilig.

Essen die Vögel uns auf?

DIE VÖGEL

In dem Küstenort Bodega Bay drehen die Vögel durch – sie greifen Menschen an. Niemand kann es fassen.

Im „Sea Food Restaurant", nach der ersten Attacke der Vögel.

BARKEEPER: „Es ist doch in diesem Fall völlig gleichgültig, Mrs. Bundy, ob es Krähen waren oder Schwarzdrosseln, aber daß sie Schüler angegriffen haben, das ist verdammt ernst!"

MRS. BUNDY: „Ich halte es für gänzlich ausgeschlossen, daß eine der Gattungen intelligent genug ist, einen derartigen Angriff zu unternehmen! Die Struktur eines Vogelhirns ist nicht so beschaffen, daß man…"

MELANIE: „…Entschuldigen Sie, ich komme gerade von der Schule, Madame, ob ihre Gehirnstruktur so beschaffen ist, weiß ich nicht, aber…"

MRS. BUNDY: „…Ich weiß es aber! Die Ornithologie ist zufälligerweise mein Steckenpferd. Den Vögeln liegt Aggressivität fern, sie bringen Farbe und Schönheit in die Welt. Es ist vielmehr die Menschheit, welche…"

KELLNERIN (aus dem Off): „Sam! Dreimal Hühnchen mit Bratkartoffeln! Und drei Bier!"

Im „Sea Food Restaurant", nach der ersten Attacke der Vögel.

MUTTER: „Nun kommt Kinder, eßt schnell auf!"

KIND: „Essen die Vögel uns sonst auf, Mami?"

Der Appetit des Mörders

FRENZY

Ein Frauenmörder geht in London um. Chefinspektor Oxford muß ihn fassen. Zeitweilig hat er mit Richard Blaney einen falschen Tatverdächtigen im Visier. Aber er wird den wahren Mörder Bob Rusk, einen Großmarktverkäufer, rechtzeitig fassen.
In der folgenden Szene sitzt Oxford in seinem Büro und frühstückt kräftig – nach englischer Art.

New Scotland Yard-Frühstück

2 rote Sausages	*½ warme Tomate*
1 Spiegelei	*weiches, geröstetes Toastbrot (weiß)*
1 Scheibe gekochter Saftschinken	*dazu Tee mit Sahne*
Mixed Pickles	

INSPEKTOR (sitzt vor dem oben bezeichneten Frühstücksteller.)
SERGEANT: „Scheint Ihnen zu munden, Sir!"
INSPEKTOR: „Sergeant, meine Frau nimmt offensichtlich an einem Kursus über die französische Feinschmeckerküche teil. Offenbar haben die noch nichts von der Notwendigkeit gehört, daß man in unserem Lande kräftig frühstücken muß, und zwar dreimal täglich. Ein echt englisches Frühstück natürlich, nicht dieses komische café complet…"
SERGEANT: „Äh… wie bitte, Sir?"
INSPEKTOR: „…halb Kaffe und halb gekochte Milch, worin die Haut rumschwimmt, und ein süßes Brötchen, das aus Luft besteht."
SERGEANT: „Oh…!"
INSPEKTOR: „Das hab ich heut' morgen gegessen."
SERGEANT: „Verstehe vollkommen, Sir. Ich bin… äh… ich bin mehr für Haferflocken zum Frühstück."

.

In der folgenden Szene kommt Inspektor Oxford nach ersten Fahndungen abends nach Hause. Er hat gerade eine Wasserleiche aus der Themse gezogen.

MRS. OXFORD: „Bist du es, Tim?"

INSPEKTOR: „Ja, Schatz!"

MRS. OXFORD: „Hunger?"

INSPEKTOR: „Jaa!..."

MRS. OXFORD: „Gut ich bringe es sofort rein. Heute kriegst du eine soupe de poisson, Schatz, du wirst dir alle Finger danach lecken!"

INSPEKTOR (gießt sich Rotwein ein): *„Davon bin ich fest überzeugt!"*

MRS. OXFORD: „Fang ruhig schon an, ich kümmere mich inzwischen um den zweiten Gang. Hier! Äh... gibt's in dem Fall was neues? Eine sensationelle Wendung?"

INSPEKTOR: „Nein. Aber ich wäre heilfroh, wenn wir Mr. Richard Blaney erst hätten."

MRS. OXFORD: „Hast du 'ne Ahnung, wo er sein könnte? (Sie deckt den Deckel der Suppenterrine ab.)

INSPEKTOR (betrachtet beunruhigt den abgründigen Inhalt der Suppenterrine): *„Nein. Unsere einzige Hoffnung, die zu ihm führen könnte, ist heute morgen verschwunden. Und zu allem Unglück weiß ich auch nicht, wo sie abgeblieben ist."*

MRS. OXFORD (verteilt sorgfältig die geheimnisvollen Zutaten der Fischsuppe auf dem Teller ihres Mannes): *„Bist du ganz sicher, daß er der Täter ist?"*

INSPEKTOR: „Oh ja! Das ist er! Zweifellos! Es besteht nicht mal die Komplikation eines zweiten Verdächtigen. Nein, er muß es sein. Wir haben ihn als den Mann identifiziert, der zur fraglichen Zeit die Agentur seiner Frau verließ, wir haben den Anzug, den er umgehend nach der Tat in die Reinigung schickte und wir haben den Indizienbeweis des Puders und dieser Herberge der Heilsarmee."

MRS. OXFORD (hantiert inzwischen in der Küche mit dem Geflügel): *„Ich kann dir nicht ganz folgen, mein Schatz. Ich hätte nicht gedacht, daß die Heilsarmee Blaneys Make up benutzt."*

INSPEKTOR: „Nein, Blaney hat in der Herberge der Heilsarmee vorgestern nacht geschlafen, meine Liebe" (nimmt einen abgetrennten Fischkopf aus dem Suppenteller und legt ihn in die Terrine zurück). *„Er hat unvorsichtigerweise seinen Namen angegeben. Ich glaube nicht, daß er als ehemaliger Offizier dort schlafen würde, wenn er nicht pleite ist, oder?"*

MRS. OXFORD: „Nein, das glaube ich auch nicht."

INSPEKTOR (nimmt einen schwarzen, glitschigen Fisch aus der Suppe): „ *Wir können also annehmen, daß er pleite war… Gestern nacht aber hat der Mann im Coburg-Hotel in Basewater übernachtet und für ein ziemlich teures Zimmer zehn Pfund bezahlt"* (legt den dunklen Fischleib heimlich in die Terrine zurück). „ *Die Note wies Spuren desselben Puders auf, den wir in Mrs. Blaneys Handtasche fanden. Ich meine, der Mörder hat seine geschiedene Frau nicht bloß erwürgt, sondern sie obendrein auch bestohlen. Ergo – Blaney ist der Dieb und ebenfalls der Mörder."*

MRS. OXFORD: „ *Also, dann ist er überführt?"*

INSPEKTOR (trinkt unaufhörlich Rotwein): „ *Mmh! Und ferner haben wir noch eine Serviererin aus Mrs. Blaneys Club, die Blaneys aggressives Verhalten an jenem Abend Mrs. Blaney gegenüber bezeugen kann."*

MRS. OXFORD: „ *Er hat sich offenbar gar nicht bemüht, diskret zu sein."*

INSPEKTOR: „ *Nein. Diskretion und Zurückhaltung ist nicht gerade die stärkste Seite der Psychopathen, Schatz. Und mit einem Psychopathen haben wir's zu tun. Du hättest mal das Scheidungsgesuch seiner Frau lesen sollen."* (Er scharrt irritiert in seinem Suppenteller herum, schiebt kleine Tintenfische hin und her) „ *…was ist eigentlich alles in dieser Suppe?"*

MRS. OXFORD: „ *Wieso, schmeckt sie dir nicht?"*

INSPEKTOR: „ *Mmh! …Geradezu köstlich!"* (Kippt den ganzen Tellerinhalt schwungvoll in die Terrine zurück.) „ *Aber ich finde die… Zutaten ein bißchen suspekt!"*

MRS. OXFORD: „ *Das sind: Barsche, Seeaal, Knurrhahn, Petermännchen und Calamares. Ja, und weil sie sehr gehaltvoll und sättigend ist, dachte ich, ein einfacher gebratener Vogel hinterher dürfte genügen."*

Inspektor Oxford und seine Frau spekulieren darüber, wer nun der wirkliche Mörder ist:

MRS. OXFORD: „ *Blaney war es nicht, habe ich dir das nicht gleich gesagt? Ich habe dir gleich gesagt, daß du dich irrst. Weibliche Intuition ist mehr wert als eure ganzen Laboratorien. Das solltet ihr in euren polizeilichen Schulungskursen lehren!"* (Sie bringt die silberne Bratenschüssel rein und stellt sie auf den gedeckten Tisch.)

INSPEKTOR: „ *Also du glaubst, daß Rusk der Mann ist, den wir suchen?"*

MRS. OXFORD: „ *Ja, natürlich! Das liegt doch klar auf der Hand! Er kannte beide, Mr. Blaney und diese Barbara soundso, nicht wahr!"*

INSPEKTOR: „ *Ja."*

MRS. OXFORD: „ *Bitte! Da hast du's. Du hast mir gesagt, er wäre sexuell pervers.*

Und darum hat er die Kleider aufbewahrt und sie dem armen Mr. Blaney in die Tasche gesteckt."

INSPEKTOR: *„Aber dafür haben wir keinen Beweis."*

MRS. OXFORD: *„Das sagt einem doch die Logik."*

INSPEKTOR: *„Du meinst wohl, die Intuition!... Und was sagt deine Intuition, was ich heute abend gern essen möchte?"*

MRS. OXFORD: *„Steak und Pommes frites!"* (Sie deckt triumphierend den Deckel auf.) *„Aber du kriegst einen Pieds de Porc à la mode – glaciert!"*

INSPEKTOR: *„Aber das sieht ja aus wie... Schweinsfüße!"*

MRS. OXFORD: *„Das stimmt auch. Ich habe dazu dieselbe Sauce gemacht, die die Franzosen zu Innereien nehmen!"*

INSPEKTOR: *„Das ist sehr beruhigend!"*

MRS. OXFORD (teilt aus): *„Wann gedenkst du ihn denn festzunehmen, diesen Mr. Robinson, oder Rusk, oder wie er sonst heißt?"*

INSPEKTOR: *„Wenn ich die erforderlichen Beweise habe. Und die zu beschaffen, nimmt mehr Zeit in Anspruch als die intuitive Methode."*

MRS. OXFORD: *„Um wieviel länger dauert es? Wann rechnest du damit?"*

INSPEKTOR: *„Ich hoffe schon in wenigen Minuten."*

MRS. OXFORD: *„Wirklich? Oh..., du alter Geheimniskrämer! Erzähle!"* (Sie stellt seinen Teller vor ihn hin.)

INSPEKTOR (blickt irritiert auf den glasierten Schweinsfuß, zögert, hineinzuschneiden): *„Tja..., wir wissen, daß, falls Rusk der Mörder ist, er mit seinem Opfer in einem Lastzug mit Kartoffeln gefahren ist."*

MRS. OXFORD: *„Und woher wissen wir das?"*

INSPEKTOR: *„Hast du schon einmal gehört, daß eine Leiche sich selbst aus einem zugebundenen Sack befreit hat?"* (Er säbelt unentschlossen an dem Schweinsfuß herum.)

MRS. OXFORD: *„Mhm...! Warum sollte er denn die Leiche wieder aus dem Sack herausholen?"*

INSPEKTOR: *„Offensichtlich hat er irgendwas gesucht."*

MRS. OXFORD: *„Woher wissen wir das?"* (Sie nimmt französische Stangen-Bisquits aus dem Glas.)

INSPEKTOR: *„Bei der Leiche war bereits fortgeschrittene Leichenstarre eingetreten. Er mußte ihr die Finger der rechten Hand brechen, um das zu bekommen, was sie umklammerten..."* (knackend bricht Mrs. Oxford die französischen Stangen-Bisquits mittendurch, Inspektor Oxford blickt erschrocken auf.) *„... Weißt du... könnten wir nicht wieder zu dem gewohnten englischen Brot zurückkehren?"*

MRS. OXFORD: „Was kann das gewesen sein?" (bricht erneut ein Bisquit) „Eine Kette? Ein Medaillon? Ein Kreuz!"

INSPEKTOR: „Es muß irgendwas gewesen sein, was ihn verraten hätte. Etwas, was er vermißte, als er die Leiche auf den Wagen lud. Sowas wie ein Taschentuch mit einem Monogramm." (Er schiebt sich ein Stück Schweinsfuß in den Mund.)

MRS. OXFORD: „Mm... tja..., ein Kreuz war's sicher nicht."

INSPEKTOR: „Wieso nicht? Das seh' ich nicht ein" (kaut lustlos auf dem Schweinsfuß herum, schiebt es von einer Backe in die andere). „Religiöser und sexueller Wahnsinn liegen dicht beieinander." (pult einen Knochen aus dem Mund) „... mmh... Jedenfalls, was es auch war, er hat es gefunden. Bedauerlicherweise für uns. Aber ein kleines Zipfelchen Glück haben wir doch erwischt. Der Lastwagenfahrer hat uns erzählt, daß er unterwegs einmal angehalten hat. Und zwar an einem ‚Ausspann' außerhalb Londons."

MRS. OXFORD: „An einem... was ist das?"

INSPEKTOR: „Das ist eine Kneipe, die hauptsächlich von Fernfahrern frequentiert wird." (kaut noch immer auf demselben Bissen herum, bekommt einen schwärmerischen Ausdruck) „Da gibt's einfache Speisen, wie Spiegeleier und Sandwichs! Würstchen mit Kartoffelsalat! Und Tee und Kaffee und...!"

MRS. OXFORD: „Und weshalb ist es ein Glück für euch, daß er an der Kneipe gehalten hat?"

Inspektor: „Die Tatsache, daß er gehalten hat, ist nicht so wichtig. Sondern, daß er nur einmal gehalten hat. Die einzige Möglichkeit, vom Lastwagen runterzukommen, hatte der Mann an der Kneipe. Daher habe ich Spearman heute mittag dorthin geschickt, er soll mal fragen, ob irgend jemand Rusk an dem Abend gesehen hat. Ich erwarte ihn jeden Augenblick zurück."

MRS. OXFORD: „Iß schnell auf, Schatz, damit du fertig bist, wenn Spearman kommt."

INSPEKTOR: „Mmh... mmh... köstlich! Schmeckt köstlich! Ist auch nicht übermäßig viel Fleisch dran."

MRS. OXFORD: „Aber schling' nicht so, Schatz! Ich ess' meins in der Küche, während ich das Eiweiß schlage für das Soufflé." (Sie verschwindet.)

INSPEKTOR (formt eine hohle Hand vor dem Mund und speit das Fleisch schnell und heimlich auf den Teller.)

Pieds de Porc à la Mode, glaciert, mit Innereiensauce

2 Schweinsfüße

FÜR DIE BOUILLON:

1/4 l Fleischbrühe	2 Knoblauchzehen
1/4 l Weißwein	1 Zweig Thymian
2 Zwiebeln	1 Lorbeerblatt
1 Möhre	Salz
2 Gewürznelken	Pfeffer

FÜR DIE SAUCE:

Mehlschwitze	Petersilie
Weißwein	gestoßener Pfeffer
Estragon	gehackte Zwiebel
Thymian	Knoblauchzehe
Lorbeerblatt	

FÜR DAS GLACIEREN:

Fleischextrakt	Zucker
Gelee	

Angegebene Zutaten für die Bouillon in einen Topf geben, vorher Zwiebeln halbieren und Knoblauchzehe mit Salz zerreiben. Zum Kochen bringen. Die Schweinsfüße hineinlegen und ca. 2 Stunden lang kochen. Anschließend abschäumen und die Füße in der Bouillon erkalten lassen. Herausnehmen, trockentupfen, die Glasur aus Fleischextrakt, Gelee und etwas Zucker (oder Honig) auftragen. Warmstellen.

Die Sauce als heiße Ravigote (helle Grundsauce) zubereiten: Mehlschwitze mit Weißwein ablöschen, mit Estragon, Thymian, Lorbeer, Petersilie und gestoßenem Pfeffer würzen. Nach Belieben können gehackte Zwiebeln und Knoblauch dazugegeben werden. Schweinsfüße dann servieren und mit der Sauce übergießen.

Wenig später:

MRS. OXFORD: „Caille aux raisins!"

INSPEKTOR: „Mm?"

MRS. OXFORD: „Wachteln mit Weintrauben!"

INSPEKTOR: „Aha!... Ahh...!"

MRS. OXFORD lüftet den Deckel der Bratenglocke.

INSPEKTOR (faßt sich beim Anblick des gebratenen Vogels an den Magen): „Mir ist nicht ganz wohl in meiner Haut!"

MRS. OXFORD: „Du meinst wegen Blaney?"

INSPEKTOR: „Äh... ja. Er... ist mit einer Bardame auf und davon, mit der er zusammen gearbeitet hat. Ich fürchte, daß sie in großer Gefahr ist."

MRS. OXFORD (legt eine gebratene Wachtel und zwei blaue Weintrauben auf seinen Teller): „Ich glaube, du irrst dich, Tim. Du bist völlig im Irrtum. Dieser Bursche kann es gar nicht sein... Was sagtest du, wie lange er verheiratet war?"

INSPEKTOR (sieht verstört auf die verendete Wachtel vor ihm, die ihre dünnen Stelzen in die Luft reckt. Mit belegter Stimme): „Äh... zehn Jahre."

MRS. OXFORD: „Bitte! Da hast du's! Ein Crime de Passion! Nach sovielen Jahren! Sieh uns doch an, wir sind noch nicht mal acht Jahre verheiratet," (schließt den Bratendeckel) „und es kostet dich Anstrengung, abends die Augen offenzuhalten!"

Sie nimmt ihm gegenüber Platz und beginnt zu essen.

INSPEKTOR: „Na, das mag sein. Aber ich prügle dich auch nicht halb zu Tode. Oder zwinge dich, obszöne Dinge zu tun. Nein, die Beweise sprechen für sich selbst. Man kann auch niemals normale Maßstäbe an einen psychopathischen Mörder anlegen. Bei denen kann es jederzeit zum Durchbruch kommen. Wir müssen ihn finden, bevor..." (er piekst reserviert in die Wachtel und säbelt dann trotzig an ihr herum) „sein... Appetit wiedererwacht!"

Wachteln mit Weintrauben à la „Crime de Passion"

FÜR 2 PERSONEN

vier Wachteln	*vier große Scheiben Schinkenspeck*
Pfeffer	*40 g Butter*
Salz	*4 Eßlöffel Rotwein*
250 g blaue Weintrauben	*1 Eßlöffel süße Sahne*

Küchenfertige Wachteln gründlich kalt abspülen und abtrocknen. Innen und außen leicht mit Salz und Pfeffer einreiben.
Weintrauben waschen, von den Stielen abtrennen, in die Wachteln füllen und die Öffnungen zustecken. Wachteln mit Speckscheiben umwickeln und diese festbinden.
Butter in einer tiefen Pfanne erhitzen, Wachteln hineinlegen und rundherum in 10 Minuten goldbraun und gar braten. Mit Rotwein übergießen, die Pfanne schließen und weitere 8 Minuten schmoren.
Wachteln aus der Pfanne nehmen, Speckwickel ablösen. Den Schinkenspeck fein hacken und in den Bratenfond geben. Nach Bedarf mit etwas Wasser verlängern, mit süßer Sahne verrühren und mit Pfeffer und Salz abschmecken. Die Vögelchen auf einer vorgewärmten Platte in der Sauce servieren.
Beilagen: Kartoffelpüree oder Semmelknödel. Frischer Endiviensalat. Dazu ein trockener Rosé-Wein.

Später: In der Wohnung von Inspektor Oxford und seiner Gattin. Es klingelt. Sergeant Spearman tritt auf.

SERGEANT: *„Guten Abend, Sir, ich hoffe, ich störe Sie nicht beim Essen?"*

INSPEKTOR: *„Nein, nein! Ganz und gar nicht! Kommen Sie rein. Legen Sie Hut und Mantel aufs Sofa!"*

MRS. OXFORD: *„Guten Abend, Sergeant Spearman. Was möchten Sie gern trinken?"*

SERGEANT: *„Guten Abend, Madame. Tja, ich weiß nicht, ähh..."*

INSPEKTOR: *„Ach Spearman, Sie sind ja jetzt nicht mehr im Dienst."*

MRS. OXFORD: *„Tja!... Wie wär's mit einer ‚Margarita'?Das ist einmalig! Tequila, Triple Sec, ausgepreßter Zitronensaft und den Glasrand ringsum mit Salz garniert. Sie werden begeistert sein!"*

SERGEANT: *„Danke, Madame!"*

INSPEKTOR: *„Sergeant Spearman, Ihre innere Befriedigung quillt Ihnen ja förmlich aus sämtlichen Knopflöchern. Also sprechen Sie, ehe Sie platzen."*

SERGEANT: *„Ja, Sir. Die Frau, die hinter der Theke bediente, hat Rusk nach dem Foto, das ich ihr zeigte, einwandfrei identifiziert als den Mann, der in jener Nacht im Lokal war, als die Leiche gefunden wurde. Und das ist noch nicht alles!"*

INSPEKTOR: *„Ja, worauf warten Sie noch, Sergeant! Auf'n Trommelwirbel?"*

SERGEANT: *„Äh, nein Sir. Verzeihung! Die Dame sagte ferner aus, daß Rusk sehr staubig war und sie um eine Kleiderbürste gebeten hat... Das ist die Bürste, die sie ihm geborgt hat. Sehen Sie, Sir?"*

INSPEKTOR: *„Mmh..., was meinen Sie, Spearman, Staub von Kartoffeln?"*

MRS. OXFORD: *„Hier kommt Ihr Drink, Sergeant! Wohlsein!"*

Sergeant Spearman nippt mißtrauisch und leckt sich dann verlegen die salzigen Lippen.

INSPEKTOR (zu seiner Frau): *„Hast du das mitgekriegt?"*

MRS. OXFORD: *„Ja. Ich hab's dir ja gesagt! Das wußte ich von Anfang an."*

INSPEKTOR: *„Sicher! Sergeant, bringen Sie das so schnell wie möglich ins Labor. Sieht fast so aus, als ob wir diesmal den Falschen eingesperrt haben."*

MRS. OXFORD: *„Wieso, was heißt: wir! Du hast ihn eingesperrt!"*

INSPEKTOR: *„Also, Spearman, Sie können jetzt gehen."*

MRS. OXFORD: *„Sie haben ja noch gar nicht ausgetrunken!"*

SERGEANT: *„Tut mir leid, Madame! Aber ich muß machen, daß ich ins Labor komme."*

INSPEKTOR: *„Sehr gut, das haben Sie fein gemacht!"*

MRS. OXFORD (nimmt das Glas mit der „Margarita" in die Hand): *„Der arme Mr. Blaney. Du mußt ihn unbedingt rausholen, Tim. Und zwar umgehend."*

INSPEKTOR: *„Im Augenblick ist er in der Krankenabteilung. Aber ich spreche morgen früh gleich mit dem Polizeipräsidenten und laß den Fall wieder aufrollen. Das wird er nicht gern hören, aber das Beweismaterial reicht für eine Begnadigung."*

MRS. OXFORD: *„Wird man ihm einen Schadenersatz bewilligen?"*

INSPEKTOR: *„Ich nehme an, daß man ihm etwas Geld gibt. Aber eine richtige Wiedergutmachung gibt es in solchen Fällen nicht."*

MRS. OXFORD: *„Der arme Mann. Ich hätte eine Idee! Als kleine Entschädigung könntest du ihn zu einem exklusiven Dinner einladen! Mal sehn! Es müßte*

Foto aus: Frenzy

in diesem Fall was... kräftiges sein... äh,... Jungente, mit schwerer, süßer Sherrysauce."

INSPEKTOR: *„Tja..., nach dem Gefängnisessen wird er wahrscheinlich alles gern zu sich nehmen..."*

MRS. OXFORD (sieht ihren Mann strafend an, trinkt dann das Glas mit einem Zug leer, leckt sich verblüfft die Lippen und steht sichtlich irritiert auf): *„Entschuldige, ich muß nachsehen, ob mein Soufflé schon anfängt zu gehn'!"*

Cocktail Margarita à la Mrs. Oxford

2 cl Tequila　　　　　　　　　　　*2 cl Zitronensaft*
2 cl Triple sec

Alle Zutaten, zusammen mit Eis, im Shaker schütteln. Danach in eine Sektschale abseihen, deren Rand mit einer Zitronenscheibe befeuchtet und in Salz einmal gedreht wurde. Mit einer Zitronenscheibe garnieren.

Jungente mit schwerer, süßer Sherrysauce

2 junge Enten von ca. 750 g,　　　*2 Eßlöffel Puderzucker*
mit Innereien　　　　　　　　　　*1 Zwiebel*
10 cl Cream Sherry　　　　　　　　*1 Möhre*
(Madeira, Portwein)　　　　　　　*Salz, Pfeffer*
30 g Mehl　　　　　　　　　　　　*Thymian*
1 Eßlöffel Weinessig　　　　　　　*dicke saure Sahne*

In einer Kasserolle bei starker Hitze den Sherry, mit Weinessig verrührt, kochen. In einer zweiten Kasserolle den Puderzucker mit einem Eßlöffel Wasser bei milder Hitze karamelisieren lassen. Wenn er gebräunt ist, die Sherry-Essig-Mischung dazugeben, kräftig und schnell rühren. Bei kleiner Hitze auf ca. 1/3 einkochen lassen.

Im Schmortopf etwa 60 g Butter zerlassen und die Enten bei mäßiger Hitze auf allen Seiten 3 Minuten bräunen. Den offenen Schmortopf in den mit 225 Grad vorgeheizten Backofen schieben. Alle 10 Minuten wenden und mit dem Bratenfond übergießen.

Sind die Enten gar, nimmt man sie nach 40 Minuten heraus, tranchiert sie und stellt sie auf einer Platte warm, mit Alufolie abgedeckt.

In den Schmortopf etwa 30 g Butter geben und das vorbereitete Püree aus Zwiebel, Möhre und Innereien darin anbraten (ca. 5 Minuten). Den restlichen Sherry zugeben und alles flambieren. Pürieren oder durch ein Sieb in die Kasserolle mit dem Sherry-Essig streichen, die Mehlbutter zugeben, 2 bis 3 Minuten aufkochen lassen. Anschließend die saure Sauce zugeben. Die Enten mit einem Teil der Sauce bedecken, den Rest in eine Sauciere füllen und heiß dazureichen.

Kartoffelknödel, französisches Weißbrot, ein kräftiger Rotwein passen gut dazu.

Abspann

Endlich satt –
Alfred Hitchcock und seine Filmfiguren

Als Alfred Hitchcock in den dreißiger Jahren von Hollywood umworben wurde, speiste er einmal im New Yorker „Club 21". Er schockte die Anwesenden mit der Tatsache, daß er drei Riesensteaks und etliche Portionen Eiscreme verdrückte. Aber nach einem großen Brandy war sein Appetit endlich gestillt, und er verriet einem Reporter: „Ich finde im Essen Beruhigung. Es handelt sich dabei mehr um einen geistigen Prozeß als um einen körperlichen. Die Vorfreude auf ein gutes Essen ähnelt der auf eine Ferienreise oder der, die man beim Anschauen einer guten Show empfindet. Man kann aus zwei Gründen essen: um sich am Leben zu erhalten oder aus Vergnügen. Ich esse aus Vergnügen."

Auf Hitchcocks Filmfiguren trifft dies nur bedingt zu. Wenn ihr Appetit endlich gestillt ist, dann ist ihnen oft auch etwas anderes vergangen: die Mordlust. So sind die Mahlzeiten die besten Polizisten, denn sie verhindern Mord und Totschlag.